利《き》き蜜師《みつし》物語

銀蜂の目覚め

小林栗奈

六七質／画

利《き》き蜜《みつ》師《し》物語

銀蜂の目覚め

小林栗奈

序章　利き蜜師

山の花場で働く父さんと兄さんに、午前と午後の二度よく冷えた蜂蜜入りレモネードを届けるのはサラの仕事だった。母さんは生まれたばかりの妹の世話で忙しいし、おばあちゃんはすっかり足腰が弱って山歩きは無理なのだ。まだ体の小さなサラにとって、二リットルも入る銅製の水筒は重いけれど、彼女はその仕事が気に入っていた。

父さんたちは冷たい飲み物を本当に喜んでくれて、サラはいつでも、すごく誇らしい気持ちになる。それに父さんがいれば、蜜蜂たちに会える。金色のキラキラした、あの小さな生き物がサラは大好きだった。羽音も耳に心地良い。でも、大人がいっしょでない時は巣箱に近づいてはいけないと言われているのだ。サラは絶対に巣箱にいたずらしたり、蜜蜂たちを脅かしたりはしないのに。

「大切に、大切に育てなければいけないんだよ」

父さんはそう言う。

「この子たちが、天の雫《しずく》をもたらしてくれるのだから」

昔々、ギリシアの哲学者が蜂蜜を「天の雫」と讃えた。今ではその名は、年に一度開催される品評会で最優秀賞を獲得した蜂蜜のみに与えられる。「天の雫」の称号を、この村が独占するようになってから、三年がたつ。四年前に一人の青年が村に現れてからのことだ。

彼は利き蜜師だった。

蜂蜜の色あいを見て、香りを確かめ、ほんのわずか口に含んで、その品質を見極めるのが、利き蜜師の仕事だ。花の種類や産地、採取時期を正確に当てることはもちろん、脱色や、加熱、着香といった加工がされた蜂蜜を弾き出し、純粋な蜂蜜を選び出す。蜂蜜が特産品であるこの国で、利き蜜師は大変な名誉と責任のある職業だが、真に優れた利き蜜師は蜂蜜の質を見極めるに留まらない。蜂蜜に隠された過去を読み取る、未来を予見する、利き蜜師が蜂蜜から読み取る物は多岐にわたる。

優れた利き蜜師は科学と占星術の分野に等しく優れ、国家に認定された一流の科学者と同等かそれ以上の地位があるのだ。

才能と同時に経験も必要とされる利き蜜師にしては、仙道《せんどう》と名乗ったその青年は、いかにも若く見えた。彼が村に来たばかりの頃は、その若さを胡散《うさん》臭く感じる老人たちもいたものだが、滞在も五年目を迎える今となっては、そんなことを思う者はいない。

今では彼は、村になくてはならない存在だ。そんなに偉い人なのに、仙道には少しもいばったところがない。いつでも笑顔で、サラみたいな小さな子どもにも、とても丁寧な調子で話す。もっとも、子どもたちは利き蜜師の邪魔をしないよう、厳しく申し渡されている。それに、村人は若い利き蜜師を尊敬し、親しみも抱いていたけれど、彼がまた少しばかり人間嫌いの面を持っていることにも気づいていた。珍しいことではない。大抵の利き蜜師は、人間より蜜蜂を愛しているものだ。

だから仙道は、村長が召使つきで提供すると申し出た立派な屋敷ではなくて、村はずれにある古い小屋に手を入れ、弟子と二人だけで暮らしている。ずいぶん長いこと誰も住まず、ぼろぼろのガタガタで、お化け小屋と呼ばれていたくらい陰気な建物は、仙道が暮らすようになってから、まるで別の建物になった。あちらこちらを修理してもらい、ペンキを塗りなおしてもらった小屋は、生まれ変わって気持ちよさそうに深呼吸しているようだ。窓に新しいカーテンが揺れ、夕べには暖かい灯がともる。

それは壊れた物に命を吹き込む魔法のようで、村の老人たちなど、利き蜜師の小屋に足を踏み入れるだけで十《とお》は若返るようだと笑う。サラにとっても、そこはワクワクするような魔法の小屋なのだけど、同時に仙道の仕事場でもあるから、子どもたちは、勝手に小屋を訪ねて行ってはいけないことになっている。

サラが、こうして仙道の小屋に向かっているのには、理由がある。水筒を持って出かけようとしたサラを、母さんが呼び止めて言ったのだ。

「仙道さまの小屋によって、虫封じのまじないをしてもらうんだよ。夕べのうちに母さんが、ちゃんと頼んでおいたからね」

いつもはそんなことを言わないのに、急に心配性になったのは、夕べ家に泊まった旅の蜂飼いが運んできた噂のせいだった。今年は、あちこちでスズメバチの群れが村を襲い、家畜や人、とりわけ子どもたちに被害が出ているというのだ。命を落とした者もいると聞く。スズメバチは確かに気性の荒い蜂だが、巣に手出しをしたり、無闇と追い掛け回したりしない限り、そうそう人を襲うことはない筈《はず》なのに。

「なんだか変わった蜂でした」

自身も、その蜂に遭遇し間一髪助かったと言う旅の蜂飼いは言った。

「大きさや見た感じは確かにオオスズメバチなんだけど、色が」

「色？」

「はい、光の加減かもしれないけれど、全体に色が薄くて、黒と黄の縞と言うより、白黒に見えたんですよ」

「ふーん」

テーブルで話をする男たちを見やりながら、母さんは、くっきりと眉をひそめていた。

「虫封じのまじないなら、おばあちゃんがやってくれるのに」

サラが言うと、おばあちゃんは苦笑いを浮かべた。

「私のは、たんなる気休めのおまじないさ」

「仙道さまのは違うの？」

「そりゃそうさ。あの方は利き蜜師だ。それも、あの若さで金のマスターに任じられたともなれば、この国で三本の指に入る、最高の利き蜜師だ」


小屋の扉をノックすると、迎えてくれたのは利き蜜師その人だった。鳶色《とびいろ》の目が優しく笑う。

「いらっしゃい」

ブーンと微かな羽音がして仙道の後ろから金色の蜂が現れても、サラは驚かなかった。これは利き蜜師の守り蜂だ。名前は月花《げっか》と言った。蜂はサラの周りを一飛びしてから仙道の肩に止まった。サラには聞き取れぬ言葉で何かを告げているのだ。小さくうなずいてから仙道はサラを中へとうながした。

「さあ、お入りなさい」

サラはどきどきしながら、小屋に足を踏み入れた。通されたのは大きな木のテーブルが置いてある部屋だった。仙道はどうやら何かの作業中だったらしく、テーブルの半分ほどにはガラス瓶や小皿が並べられており、アルコールランプが沸々とビーカーの湯を温めていた。仕事の邪魔をしてしまったのか、出直したほうがいいのか、サラが迷うまもなく、仙道はさっさとランプを片付けてしまった。開いて置いてあったノートに栞《しおり》を挟んで棚に戻すと、彼は同じ棚から小さな壷を取った。

「虫封じの呪《まじな》いでしたね」

「はい」

「西の斜面まで行くのでしょう。がんばりやさんですね」

仙道は、サラのことも父さんの花場がどこにあるかも全部わかっているのだ。準備をする仙道の背にサラは弾んだ声をかけた。

「だって、うちの蜂、すっごくかわいいもん」

「サラは蜜蜂が好きですか?」

「うん。お父さんがね、再来年には私にも巣箱を一つ任せてくれるって」

「それは、楽しみですね」

「早く、お兄ちゃんみたいに、お父さんの手伝いがしたいのに」

サラの父さんは村でも一、二の腕を持つ蜂飼いで、その蜂蜜の出来栄えには誰もが太鼓判を押す。でも父さんは五年前の嵐でがけ崩れに巻き込まれてから、少しだが足を引きずるようになった。四十歳にもならない若さだが、同じ年の仲間たちのように素早くは動けないし、きつい仕事もできない。今は十五歳になる兄さんが一緒に働いているけれど、一人前になるまで何年もかかるだろう。

「おお兄ちゃんがいてくれればいいのに」

家では誰も口にしないようにしていることを、サラは言った。

サラには本当は二人の兄さんがいる。上の兄さんは三年前、飛行船乗りになるのだと言って村を飛び出していった。それきり一度も村に戻っては来ないけれど、季節が変わるごとにポツリポツリと手紙が届いて、それはいつでもサラ宛だった。兄さんがいる港町から、この村まで、どのくらい離れているのかサラは正確には知らない。ただ、七日も十日も前の消印を見ては、その距離を思うだけだ。

「ああ、イリヤくんは元気そうですか？」

「うん。昨日も手紙をもらった」

兄さんの手紙は、元気でいることを知らせるだけの短いもので、たまに他のことが書いてあるとすれば、飛行船の話ばかりだ。その埋め合わせというわけでもないだろうが、手紙には小さなプレゼントが入っている。もちろん兄さんは、よぶんなお金なんか持っていないから、プレゼントと言っても、どこかから拾ってきたきれいな貝殻だとか、葉っぱで作った栞だとか、銅版画の小さなカードなんかだ。

「そうだ。仙道さま、見て」

サラはスカートのポケットから小さなカードを取り出して、仙道に見せた。

「おお兄ちゃんが、くれたの。変わった花を見つけたからって」

兄さんがくれたのは手作りの栞で、サラが見たことのない花の押し花がはってあった。星の形をした青い花だ。パリパリに乾いていて色はだいぶ薄く褪せている。みずみずしく咲き誇っている時は、どれほど深く美しい青色をしていたのだろう。

「きれいな花ですね」

そう言いながら、仙道は栞を手に取ろうとはしなかった。守り蜂の羽音が低く部屋の空気を乱した。

「なんていう花か、仙道さまは知っている?」

「いえ。見るのは初めてです」

あまり興味がなさそうに言った仙道は、サラを手招きした。

「ここに座って」

言われた通りに、サラは椅子にかけた。仙道は小さなガラスの壷の蓋を開け、中味を少しだけ指先に取ると、身をかがめ、その指先をサラに向けた。思わず、きゅっと目を閉じてしまうと、仙道が優しく言った。

「何も、怖いことはありませんよ」

それでもサラは目をつむったままだった。仙道はサラの知らない言葉で、ほんの一つか二つの言葉を口にした。額に一瞬だけ仙道の指が触れて、ひんやりとしたものが、少しだけ額に塗りつけられた。

「さ、もういいですよ」

仙道の声に、ぱっと目をあけてサラは元気良く椅子から飛び下りた。その時、開け放たれた窓から春の風が飛び込んできた。ふんわりと、焼きたてのマフィンの香りをつれている。

「ああ、カシアさんのマフィンですね」

隣の家とはかなり距離があるが、風向きのせいで、こんな風に香りが飛び込んでくるのだろう。

そこまで考えて、サラは不思議なことに気づいた。ぐるりと仙道の小屋を見回す。やっぱり、不思議だ。

「どうしました？　サラ」

「あのね、どうして、この部屋は蜂蜜の匂いがしないの？」

「え？」

「あんなにたくさん蜂蜜が置いてあるのに」

戸棚には何十、何百というガラス瓶が並んでいて、中味はみんな蜂蜜だ。それに利き蜜師の小屋には地下室があって、そこにはもっとたくさんの蜂蜜が置いてあるはずだ。日に何十回と、それらの瓶の蓋を開け、蜂蜜の品質を確かめたり実験をしているのだから、小屋は甘いその匂いで一杯のはずだ。

サラは村の治療師の小屋に行ったこともあるけれど、あそこは薬草の香りが染みついていた。サラの家の台所だって、パンやコーヒー、夕ご飯の煮込みの香りがする。

「それに、どうして仙道さまは花の匂いがしないの？」

サラが言葉を続けると、仙道は困ったように、そっと眉をひそめた。

「お父さんもお兄ちゃんも、帰ってきたら、その日に行った花場がわかるのに」

一日、花場で作業をすれば、その香りは多かれ少なかれ髪や服に移る。仕事を終えて帰宅した父さんが、ぎゅっと抱きしめてくれた時、サラはいつでも父さんが今日どこの花場に行ったか当てることができた。サラはとりわけ鼻が良くて、旅の蜂飼いが家に泊まる時も、その人が身にまとう蜜の香りから、彼がどこを旅し、どんな花蜜を集めてきたかわかるのだ。

「サラは、すばらしく鼻が良いんですね」

ゆっくりと仙道が言った。利き蜜師を驚かせることができて、サラはちょっぴり得意だった。でも見上げた仙道の表情を見て、気持ちはしゅんとしぼんだ。仙道は、どこか痛いような顔をしていた。苦しそうだ。

「仙道さま、どこか痛いの？」

手を伸ばして白いシャツに包まれた腕に触れると、仙道は慌てたように首を振った。

「いいえ、ちょっと眩しかっただけですよ」

それから、にっこりといつもと変わらない笑顔を見せて、仙道は続けた。

「種明かしをしましょうね。この小屋に香りがないのは、私が利き蜜師だからですよ」

「どうして？」

「私たち利き蜜師は、蜂蜜のほんのわずかな香りの変化にも気づかなければならない。だから香りをコントロールするのです。こうして自分や、暮らす場所を香りのない状態に保つことも、私たちの術の一つ」

「そうなんだ」

サラは、すっかり感心してしまって、何度もうなずいた。

「あっ、もう行かなきゃ」

母さんに言われたとおり、きちんと礼を行ってから、テーブルに置いた水筒を抱えあげた。

小屋を出るところで、サラは仙道に呼び止められた。

「ああ、サラ」

「はい」

「あなたの家に泊まっているという旅の蜂飼いですが、今どこにいるかわかりますか？」

「丘だと思います。あの辺りに巣箱を置くことにしたって、言っていたから」

「そうですか」

仙道は、わざわざサラを外まで送ってくれた。糸くずがついていると言ってサラの髪を軽く払ってから、彼は優しく言った。

「気をつけて」

「ありがとうございます」

サラが少し行ってから振り返ると、仙道はまだ小屋の前に佇んでいた。サラを見送っているわけではなく、自分の掌をじっと見ている。何をしているのかサラは首をかしげた。でも、すぐに仙道は肩をすくめるようにしてから、こちらに背を向けて、小屋の中に消えていった。

いつ会っても、なんだか不思議な人だ。サラみたいな子どもには、何を考えているのか、ぜんぜんわからない。でもその利き蜜師がサラの鼻は凄いと言ってくれたのだ。

「父さんに、話さなきゃ」

もしかしたら、再来年でなく来年には巣箱を任せてくれるかもしれない。

サラは水筒を抱えなおして、駆け出した。

一章　楽園の雫

丘から見おろすと、白い作業着に身を包んだ人たちは、咲きそめるクローバーの花のようだった。陽光を浴びてキラキラ光る蜜蜂たちを従えているから、なおのこと。

ここは良い養蜂場だ。立地に恵まれただけでなく、働く者たちが蜜蜂のことを良く知っている。蜂たちがここでの生活に満足していることは、彼のように特別な能力がなくても察することができた。

仙道は満足の吐息をついた。

ここは、金の光が舞う緑の楽園だ。人と花々が共に生き、蜜蜂たちがその絆を深めている。

彼が探していた青年は、サラの言葉の通りに丘で見つかった。まだ少年と言って良いほど、顔立ちにも仕草にも幼さを残した若者だった。仙道が声をかける前に、青年が顔をあげた。

「金のマスター」

慌てて帽子を取る青年に、仙道は少し困ったような微笑を浮かべた。

「ここでは、誰もそんな大仰な呼び方はしないんですよ。私のことは、ただ仙道と呼んでください」

「とんでもありません、そんな失礼なこと！」

ブンブンと首をふる青年に、仙道はチラリと苦い笑いを浮かべた。

「金のマスター」と呼ばれる最高位の利き蜜師は、世界でも十数名、この国に限れば、わずか五、六名だ。金のマスターを認定するのは、中央省の審査機関とされているが、どうもそれだけでないらしいというのは、少しでも利き蜜師の世界を知っている者なら誰でも感じていることだ。

何故なら、金のマスターに任じられた利き蜜師には、守護の精霊がつくからだ。一般には「守り蜂」と呼ばれるその蜂は、体の大きさや形こそ蜜蜂のものだが、明らかに色が違った。蜜蜂の体が黄と黒の縞模様であるのに対して、その蜂は全身が金色だった。よくよく見れば黄色と金色の縞模様になっているのだが、キラキラと陽光を弾き、まして常に動き回る蜂のことだから、全てが入り混じって黄金に見えるのだ。

その特別な蜂は、人の言葉を解し、人と同じほど長く生きる。魔力を持つとさえ言われている。

「これは、私の守り蜂である月花です」

紹介を受けた蜂は、青年に向かってお義理程度に挨拶のダンスを見せた。守り蜂の声は、普通の人間には聞こえない。利き蜜師として経験を積んで行く中で少しずつ聞き取れるようになっていくものなのだ。

「いったい、こいつになんの用だよ。サラの家に泊まっている蜂飼いだろ？」

月花はつまらなそうな声をあげた。

利き蜜師とその守り蜂の関係は、それぞれの能力や性格によって実に様々だ。ひたすら忠実な下僕のごとく利き蜜師に従う守り蜂もいれば、勝手気ままにふるまう守り蜂に頭が上がらない利き蜜師もいる。

月花と名づけられた仙道の守り蜂は、きわめてぞんざいな口ぶりで主に接するし、仙道もそれを咎《とが》めない。対する仙道は、誰に対しても腰が低く穏やかな人柄そのままに、月花にも丁寧な口調で話しかける。彼が自身の守り蜂に対して声を荒げることなどないし、何かを命じることとすらない。自由を許し、その言葉を重んじる様は、月花の方が主人であるかのようにも見える。

だが真にものを見る目を持つ者は、彼らの関係を決して見誤らない。仙道が月花に寄せる深い信頼と、月花が仙道に抱く敬意と愛情は、目には見えぬが決して切れぬ金の糸のように、そこにあるのだ。

仙道は月花の問いには答えず、青年に笑いかけた。

「きみは、マルクくんでしたね」

「はい。半月ほどお世話になります」

マルクは蜜蜂と共に国中を旅する蜂飼いだ。村に着いたのは昨夜のことで、この村には宿屋というものがないと知って呆然とした。どこで夜を明かそうと途方にくれていたところ、村長が一人の男を呼びとめマルクを泊めてやってくれないかと言ったのだ。

よそ者に対する無防備さにマルクは驚いたのだが、男はあっさり了承した。

「ああ、いいですよ。ご存知の通り、あいつのベッドが空いてるし」

さらに男は言った。

「あんたの巣箱は、丘に置けばいい。良い風が吹く場所だ」

「いいんですか?」

蜜蜂たちが縄張りをめぐって傷つけあう、あるいは花場を荒らされるとして、流れの蜂飼いを歓迎しない村の方が多いのだ。

「ここは地形に恵まれているからな」

マルクの宿主は言った。

確かにカガミノは地形に恵まれている。四季を通じて豊かな蜜源のおかげで、些細な奪い合いは起こらないのだ。

「それに、何より仙道さまがいらっしゃるから」

「利き蜜師ですか？」

「ああ」

蜜蜂たちの声を聞き、人と彼らをつなぐ存在だ。利き蜜師が滞在している村で蜜蜂たちの争いなど起こりようもないのだ。

カガミノの養蜂家は、村から村へと旅する蜂飼いを温かく迎え入れた。彼らがもたらす遠い村での出来事や、新しい養蜂技術、この地では採取できない珍しい花蜜は、豊かではあってもどこか眠っているように平凡だった村に、新しい風を吹き込んだ。

カガミノはまさに蜜蜂たちの楽園であり、「天の雫」を生み出す金色の地だった。旅の身としては、ぜひとも訪れたい場所だった。そこに滞在を許され、利き蜜師にも声をかけてもらえるとは、大変な幸運だ。

「良い蜂ですね。ずいぶんと若いようだけれど」

巣箱をのぞき込んだ仙道の言葉に、マルクは頬を紅潮させた。

仙道はすっと手を伸ばし、巣箱から一匹の蜜蜂をつまみ上げた。コロコロと太った、ごく普通の蜜蜂だった。仙道の指先で蜂は唸り声に似た羽音をたてた。

「仙道」

押し殺した鋭い声で金の蜂が警告を発する。

「わかっています」

右手で騒ぐ蜂を押さえたまま、仙道は左手をシャツの襟元に伸ばした。鎖をたぐりよせ引き出したのは小さなルーペだ。手の中にすっぽりと握りこんでしまえるほど小さな物だが、凝った意匠をこらした銀色の縁や持ち手を見るまでもなく、何か特別なルーペだと知れた。

仙道はルーペで太陽光を集めた。

仙道の意図を察したのか、囚われた蜂が激しくもがく。

「正体を現しなさい」

仙道は命じた。蜂は苦しげに羽を動かし、見る見るうちに姿を変えた。仙道が捕らえている物は既に愛らしい蜜蜂ではなかった。むくむくと倍以上の大きさになった蜂は、黒と銀の縞模様を持っていた。鋭い牙と針、羽も鋭角的で、切れ味の鋭い刃物のようだった。

ルーペに集められた太陽の光を受けて、ジュウッと微かな音とともに蜂は燃え上がった。強烈な腐臭が立ちのぼる。だが、それで終わりだった。焦げた体も、灰さえも残さず、銀色の蜂は消えたのだ。

仙道は小さく息を吐いて、ルーペをもとのように服の下へと戻した。

「……今の、なんですか？」

喘《あえ》ぐような声で、マルクが聞いた。

蜂飼いの若者の肩に手を置いて、仙道は囁くように聞いた。

「あの蜂は、どうしました？」

「知らない。知りません、あんな蜂」

「サラの髪にも同じような蜂が一匹隠れていました。昨夜、あなたの巣箱から逃げたものでしょう」

「僕が連れているのは蜜蜂だけです！　あんな変な蜂は知りません。……だって、姿が変わった。なんですか、あれ！」

ヒステリックな声をあげる若者の額に、仙道はすっと人差し指を走らせた。

「忘れてしまいなさい、全て」

風に消えるほど微かな声だった。マルクはこくんとうなずいた。眠そうに二、三度、体を前後にゆすった後で、マルクははっと夢からさめたようにあたりを見回した。

「あれ？」

「私に、蜜蜂たちを見せてくれたんですよ」

仙道が穏やかに告げる。

「……ああ、そうでした」

「元気の良い蜂たちですね。あなたの世話に満足している。明日になれば、ここにも慣れて自由に飛び回るようになるでしょう」

「はあ」

「そうだ、君への伝言を頼まれていました。村長が話したいことがあるそうですよ。時間がある時で構わないので家に寄ってほしいと」

「わかりました」

まだ話し足りなそうなそぶりを見せながらマルクが去っていくと、仙道は手のひらに視線を落とした。

「どうした?」

月花が目ざとく聞いた。

「まさか、あいつに刺されたんじゃ?」

「それほど間抜けじゃないつもりですよ。銀蜂一匹に刺されるなど、金のマスターの名が泣きます」

「そのわりには、手こずったけどな」

月花が辛らつに言う。

「それに、なぜ、そんなうかない顔を？」

仙道は、ふっと息をはいた。

「まったく、お前には隠しごとができませんね」

「何が気になるんだ？」

「マルクは、銀蜂を連れ歩いていることに気づいていませんでした」

「ああ、嘘をついているようじゃなかった」

「蜜蜂たちも、です。恐らく三日から四日ほど前に潜り込んだのでしょう」

それ以上であれば、蜂たちは気づいたはずだ。姿こそ同じだが、異質なものが巣箱に混じっていることに。

「マルクの足で、三日か四日。人里からそんな近いところにまで、銀蜂が姿を現すなんて……」

「斥候《せっこう》なんだろうな。俺たちの動きを探りに来ている。あちこちで人を襲っているのも、ただのスズメバチじゃないだろうな」

「ええ。操られているのでしょう」

何者にか？　と、月花は問いかけはしなかった。その正体を、仙道も月花も既に知っているのだ。

東の地で、銀色の悪しき風が吹いている。

利き蜜師の仲間から、そんな情報がもたらされたのは冬のはじめだった。以来、蜜蜂を偵察に飛ばしたり、旅人の話を注意深く聞いたり、情報を収集してきたが、手もとに集まる情報はどれも心を曇らせるものばかりだ。

人や家畜まで襲うというオオスズメバチは銀蜂が変化したものであることに間違いはないし、都では不可解な病が報告されている。

加えて、蜜蜂の巣箱にもぐりこむ銀蜂、そしてサラの兄が送ってよこした「あの花」だ。

「ここを離れるべきなんでしょうか？」

「仙道？」

「あいつが息を吹き返したとしたら、真っ先に私を狙ってくるでしょう」

「まあ、相当恨まれているだろうな」

逆恨みだが、と月花はつけ加えた。

「この村を巻き込むわけにはいきません」

四年前、仙道を温かく迎えてくれたこの美しい村に厄災を招くようなことはしたくない。

「でも、あいつはあんたがどこにいようと狙ってくるだろう」

月花は、ごく冷静に指摘した。

「なら、ここで迎え撃った方がいい。ここなら、蜂たちもいるし、何よりこの村は天の雫に守られている。あいつらだって、そう簡単には砦を突き崩せない。むしろ、あんたをおびき出そうとするだろう。まあ、次の冬までは、そう大きな動きもないと、俺は見るな」

「そうですね」

仙道はうなずいた。一年ともう少し。残された時間は充分ではなかった。

「厳しいですね。まゆを、何とか次の段階に進めたかったんですが」

「まゆもねえ……」

月花は言葉を濁した。人間ならば、ふうと大きなため息をつくといった風情だ。

「何に縛られているのか。良いものは持っているのに心の目がふさがれている。あれじゃ、あんたの跡継ぎどころじゃない。三流の利き蜜師にだって、なれるかどうか」

悪意から言っているのではないとわかっているので、仙道は月花の言葉を諌めなかった。

「あ、噂をすれば、ほら、まゆが来るぞ」

月花の声に顔をあげると、ちょうど一人の少女が丘を駆け上がってくる姿が見えた。赤い糸で刺繍がほどこされた白い服に飾り帯を結んだ姿は村の娘たちと同じだが、彼女はこの村の生まれではない。カガミノへは転地療養のためにやって来て、ひょんなことから仙道の元で学ぶことになった唯一の弟子だ。子どもらしい澄んだ声が丘に響く。

「お師匠！　手紙ですよ」

「手紙？」

仙道はいぶかしく首をかしげた。

「珍しいな」

仙道がこの村に足を止めて五年目になるが、これは極めて珍しいことだ。彼は本来、村から村を渡り歩く旅の利き蜜師であって、定住地を持たない。ゆえに手紙の届きようはないのだ。そしてまた、彼に手紙を送るような相手は思いあたらない。仕事仲間ならば互いの蜂を飛ばしあうものだ。

珍しい、師匠への手紙にまゆもまた好奇心に満ち溢れているのか、手紙を振り回して飛び跳ねるように走ってくる。

「ああ、あんなに慌てて。あれは転ぶな、また」

月花の言葉に応えたわけでもないだろうが、そのとたん、まゆが転んだ。やわらかな草の上でのことだから、すぐにぴょんと起き上がって走り出す様は、野うさぎのようで、仙道は思わず笑った。

まゆは十二歳になるのだが、村の同じ年頃の子どもたちに較べると、やや小柄だ。仙道と出会った当初は生気の欠片《かけら》もなく、良くできた蝋人形のようだった。整った顔立ちをしていたけれど白い頬に表情がなくて、手足は細すぎ体温も低すぎた。最初は半日と野原を歩き回ることができなかったし、夜になると決まって熱を出した。

それでも澄んだ空気と太陽の光、何よりも仙道が厳選した蜂蜜のおかげで、少しずつ元気を取り戻して、半年もたつころには朝から夜まで野原を走り回れるほどになった。相変わらずひょろりとしているが、細い手足は力強く、菫《すみれ》色の瞳は生き生きと輝いている。耳の下あたりで切りそろえた黒い髪も艶々と光り、指先にいたるまで全身、生きるエネルギーに溢れている。

栄養に気を配りせっせと食べさせているのに少しもふっくらしてこないのは、体質なのかもしれない。

そんなことを考えているうちに、まゆは仙道のもとに駆け寄ってきた。

「お師匠、手紙です」

「ありがとう」

白い封筒にやや癖のある字で、確かに仙道の名が綴ってある。封筒をひっくり返し差出人の名を確かめた仙道の手が微かに震えた。覗き込む月花が低く羽音をたてる。

「お師匠？」

下から仙道の顔をのぞくようにして、まゆが聞いた。声が不安に揺れている。それで、仙道は自分の顔が強張《こわば》っていることを知った。無理やりに笑顔を浮かべてみせる。

「昔の友人からです」

封を切らぬまま、仙道は手紙をポケットに押し込んだ。何か言いたそうなまゆの頭にぽんと手を置いて、仙道は言った。

「さ、巣箱の見回りに行きましょう」


仙道が、まゆと月花と暮らしている小屋は二階建てで、他に地下室と屋根裏がついている。地下室は蜂蜜の貯蔵室と仙道の研究室、二階には仙道とまゆの寝室がある。一階には一つしか部屋がなく、そこは時により、居間になり食堂になり作業部屋になり、まゆの勉強部屋となる。

夕食の片づけを終えたテーブルに白いクロスをかけて、仙道はガラスの器を八つ並べた。ごく少量ずつ入っている蜂蜜は、色あいも光の透過度も違った。香りも、もちろん味も違う。

「左から、からすさんしょう、くろがねもち、みかん、菩提樹、アカシア、オレンジ、セージ、クローバーです」

器をさっと見渡しただけで、まゆはスラスラ答えた。こんなものは朝飯前だ。次に香りだけを手がかりに、それぞれの蜂蜜の純度を確かめる。まゆはその問題もクリアした。産地までは色と香りだけで確実に判定できる。十二歳という年齢を考えると、恐ろしいほどの才能だ。本来、利き蜜師の仕事は経験が大きくものを言うのだが、ごくまれに経験を超越する天性の才を持つ者が現れる。

「正解です。では、三年前の春の嵐の影響で出荷で足止めをくったのは、どれですか？」

まゆはガラスの棒を取ると一番端の器からごくわずか蜂蜜をすくい取った。舌先で転がすようにして味を確かめる。

「ええと……」

鼻の頭にしわをよせて考え込むまゆに仙道は言った。

「考えるんじゃありません、感じ取るんですよ」

「はい」

「世界には何百何千の花があり、その数だけ花の蜜があるのだから、頭で覚えようとしても追いつくわけがないでしょう。化学の目でしか見ないのなら、顕微鏡や分析機の方が精密です。私たちは機械でできないことをするのですよ」

まゆは、きりりとした顔でうなずいた。でもすぐに、自信なげにガラスの器に目をさ迷わせる。まだ十二歳のまゆに、難しいことを言っていると、仙道にもわかっていた。だが、この弟子には素晴らしい才能があるのだ。今はまだ、心の目がふさがれているけれど。

「では、この蜜の過去を見てごらんなさい」

仙道は並んだガラスの器から一つだけ選び、他は片付けてしまった。その間に、まゆはスケッチブックをテーブルに広げ、鉛筆を手にする。じっと金色の蜜に目をやってから、まゆの鉛筆が動き出す。白い紙の上に情景が描き出されていく様子を、仙道は見守った。

まゆの能力は「過去見」と呼ばれる。蜂蜜を通じて、過去の情景を見ることができるのだ。利き蜜師となる者の多くは、程度の差こそあれこの能力を持っている。蜂蜜の来歴を知る上でも非常に有効な力だ。

多くの利き蜜師やその卵が持つ能力だが、まゆのそれは極めて精度が高かった。特に意識をしなくても、まゆは触れた蜂蜜の過去を感じ取ることができるし、集中すれば、今この瞬間の出来事を見ているのと同じほど明瞭な映像を得ることもできる。

過去見をする多くの者は、一枚一枚切り離された絵をつなぎ合わせストーリーを推理する。だがまゆは、はじめから一編の無声映画を見るように、過去を見ることができるらしい。もしも、まゆの力を真実の過去見とするならば、これまで過去見とされてきた力は、子どもだましのまがい物だ。

弟子に取ってから三年目になるとは言え、最初の二年間、仙道がまゆに課したのは、養蜂の手伝いが主だった。季節を通じた養蜂の仕事を一通り身につけさせ蜂たちと触れ合うことを教えた。傍ら、まゆは歴史や文学、音楽といった一般教養から化学、数学まで幅広く学んだ。どれも一流の利き蜜師になるには欠かせない教養だ。

蜂蜜は、仙道が厳選した本当に質の良いものだけをなめさせたけれど、利き蜜そのものについては何も教えなかった。十二歳になったこの春から、まゆは本格的に利き蜜師としての修行を始めたのだ。

それはまゆを弟子に取るときに、彼女の両親と約束したことでもあった。とりあえず三年間、両親は仙道に娘を預けると言った。その三年の間、仙道はまゆの健康に留意し普通の子どもたちが学ぶであろうことはみな、まゆに学ばせる。

三年たってまゆが本当に利き蜜師になることを望むなら修業を続ければ良いし、違う道を望んだり、あるいは仙道が彼女には才能がないと見限ることがあったなら、やり直すことができるようにという、両親の配慮だった。

少なくともこの二年の経験だけでも、まゆは充分に一人前の養蜂家としてやっていくことができるだろう。そしてもう一年を過ごし約束の三年が終わるころには、まゆは少なくとも利き蜜師の卵となっているだろう。彼女が利き蜜師になることは間違いない。一流の利き蜜師になるか三流の利き蜜師になるかは、また別の問題として。

仙道は、まゆの様子を見守った。この上もなく真剣だが、ピリピリ張り詰めていて良い意味でのゆとりがない。あれでは駄目だ。蜂蜜の過去を見るどころか、味を見極めることもできないだろう。

案の定、鉛筆は意味のない線を引いては止まってしまう。

何故、この才能あふれる弟子が突然、迷路に入り込んでしまったのか、仙道は考え込んだ。そしてまた、不調はまゆだけではないのだ。月花は気づいたかもしれないが、仙道自身も感覚が鈍っている。

マルクの連れてきてしまった銀蜂にしても、普段の仙道なら彼が村に入った時点で気づいたはずだ。それが、あれほど近づかなければ気配を感じ取ることができなかった。後半日でも気づくのが遅れていたら、犠牲者が出ていたかもしれないのだ。

この不安定さが、周期的に襲ってくる気分の落ち込みによる一時的なものなのか、利き蜜師としての能力が衰えてきていることによるのか、冷静に見極めなければならない。

仙道は吐息を押し殺し、上着のポケットから先ほどの封筒を取り出した。目の前の蜂蜜に集中しきったまゆは少しも気づかない。仙道は封を切り、折りたたまれた便箋を引き出した。

短い文面にさっと目を通し、仙道は少し考え込んだ。

手紙は古い知人から、仙道に利き蜜の仕事を依頼するものだった。彼とは、もう長いこと会っていない。二度と会うことはないと思っていたのだ。決別を告げたのは相手であり、仙道はそれを受け入れた。

その彼が、仙道を呼んでいる。おそらく彼も、嵐の訪れを感じているのだ。時間は、自分が考えているほど、残されていないのかもしれない。


「お師匠？」

不安げな声に顔を上げると、いつの間にか手を止めたまゆが、じっと仙道を見ていた。どれほどの間、自分の考えに耽っていたのか、まゆは一枚の絵を完成させていた。

「何か、悪い知らせですか？」

「ああ、なんでもありませんよ」

仙道は手紙を畳んで封筒に戻した。できる限りさりげなく聞こえるように続ける。

「知人が仕事の依頼をして来たんです。知人は大きな養蜂場を経営しているのですが、何か特別な蜂蜜があるとかで、面白そうだなと」

「そこに行くんですか？」

「ええ。あなたも一緒にね」

「おい、仙道」

月花が咎めるように羽ばたいた。

「今、村を出るなんて……」

月花が続く言葉を飲み込んだ。

いきなり、扉が叩かれたからだ。それも普通の勢いではない。小さな小屋が揺れるほどの勢いで扉が叩かれ、返事をするかしないうちに男が飛び込んできた。あまりの勢いに不穏なものを感じ、仙道はまゆを背にかばった。月花が獰猛な羽音を立て、さらに仙道の前に出る。

「マスター！　来て下さい」

飛び込んできたのは、仙道が良く知る男だった。仙道は、ほっと体の力を抜いた。

「何がありました？」

師匠の問いかけに男が答える前に、まゆは動き出していた。仙道と自分の上着を取りに走り、ランプの準備をする。こんな日も暮れてから、利き蜜師である仙道のもとに助けを求めに来るということは、蜜蜂たちに何か異変が起きた可能性がある。

だが男の口からは意外な言葉が漏れた。

「凪《なぎ》先生が、マスターをお呼びしろと」

「凪先生が？」

まゆから受け取った上着に袖を通しながら仙道が首を傾げる。凪は、村で唯一の医師だ。以前は王立病院で高貴な方々を相手にメスを振るっていたと聞くが、村での彼の仕事は医師と言うより昔ながらの治療師だ。診療所には消毒薬でなく、ハーブや果物、薬草の匂いが満ちている。

仙道と凪は、薬草の知識を交換したり、互いの仕事の助手を務めたりと、良好な協力関係を築いていた。

「蜂に刺された子どもでも？」

養蜂業で成り立っている村だ。蜂に刺されることなど珍しくないし、対処法は子どもでも知っている。だが時おり免疫が過剰に反応し、劇的な症状を引き起こすことがある。そんな時は利き蜜師の出番だ。

「いえ。蜂ではないんです」

男と仙道は小屋を出た。まゆも上着を着て後に続く。仙道は留守番を命じるつもりだったのだが、口を開く前に、まゆは真っ先に夜道に飛び出していた。ランプの明かりが揺れる。しかたなく仙道は彼女の後に続いた。すぐに男が先頭に立つ。

闇の中、走るほどの早足で歩きながら男は話した。

「三日ほど前から、村長の家に旅芸人の一座が泊まっているんですが」

「ええ、聞いています」

「座長の弟が今朝方、息を引き取りまして」

「亡くなった？」

「はい。その妻と息子も、どうやら同じ症状で……一座の連中は知っていて隠していたんですな」

男はゴクリと唾を飲み込み、恐ろしい場所を一気に駆け抜けるような早口で言った。

「凪先生が言うには、トコネムリだと」

「何ですって？」

闇の中、仙道の声が鋭さを帯びる。

「ですから、村長と凪先生が、マスターをお呼びしろと」

「わかりました。急ぎましょう」

　養蜂家の朝は早い。日の出前から働くことはざらで、それだけに普段なら村の多くの家が眠りについている時間だ。だが村長の屋敷には煌々と灯が点り、ひっきりなしに人が出入りしている。屋敷の者だけでなく、かなりの数の村人が集まっているようだ。どの顔も強張り、潜めた声がまゆの頭上を飛び交う。

「トコネムリだって？」

「そんな、恐ろしい」

「あれは水が穢れた土地で発症するんじゃなかったの？」

張りつめた空気は息をするだけで喉がヒリヒリとしてくる気がして、まゆは小さく咳をした。

男が仙道の到着を知らせると、村長が駆け出してきた。

「ああ、仙道さま、よく来てくださいました」

「患者は、どちらに？」

「あちらです」

村長が指したのは離れの小屋だ。屋敷にはうろたえた人々が大勢集まっているのに、小屋の周囲に人気《ひとけ》はない。村長も、仙道たちを呼びに来た男も、あからさまに小屋に近づくことを嫌がっている。仙道はためらわずに小屋に向かって歩き出した。

「行きますよ、まゆ」

「あ、子どもは……」

まゆを引きとめようとする村長に、仙道は背中越しに声をかけた。

「心配いりません。あれは、人から人にうつる病ではない」

ギシリと軋《きし》む扉を押し開くと、狭い小屋には驚くほど多くの人の姿があった。十人は下らないだろう。彼らは一斉に、だがノロノロと振り向いて、仙道たちを見た。疲れ果てているのか、何かもっと強い感情に心を縛られているのか、仮面のように強張った幾つもの顔を前に、まゆは思わず立ちすくんだ。その背を、仙道がそっと押した。

小屋は、湿った藁《わら》の匂いがした。天井は低く、一つしかない窓には木が打ちつけられている。埃だらけで、ごちゃごちゃしていて、もう長いこと人が暮らしていた気配はない。いかにも取りあえず運び込んだというような、小さなテーブルの上で、古いランプがかろうじて明かりを灯している。奥に寝台があった。

「ああ、仙道。よく来てくれたね」

寝台に身をかがめていた男が振り向いてわずかに口元を緩めた。

「症状は？」

仙道が低い声で聞いた。

「私も患者を診たのは先ほどで、すぐに君を呼びにやらせたんだが、トコネムリに間違いはない。どこで感染したのか不明だが、座長の言葉によれば様子がおかしくなったのは半月前だという。父親は今朝方、眠ったまま息を引き取った」

立ち上がった凪は仙道の耳元に口を寄せ、彼にだけ聞こえるほど静かに告げた。

「母親は手遅れだ。だが子どもは、助けられるかもしれない。だから君を呼んだ」

「診てみましょう」

立ち上がった凪と場所を代わり、仙道が寝台の横に膝をつきかけた時、悲鳴になりきらない、掠《かす》れた悲鳴が小屋の空気を切り裂いた。

びくりと全員が振り向いた先にいるのは、まゆだ。両手で口を覆い悲鳴を飲み込もうとしている彼女の前には、椅子に座った女が一人。いや、椅子に置かれている女だ。ショールを巻きつけたその体に意志の力は感じられない。ショールから覗いている手足は棒切れのように細く、乾ききっている。

仙道は足早に近づくと、まゆの腕を掴んだ。

「まゆ！」

強く名を呼び、視線を合わせようとするが、パニックを起こしている弟子は虚ろに視線をさまよわせるばかりだ。彼女が何を見てしまったのか、想像はついた。ここに連れて来たこと、目を離してしまったことで、仙道は自分自身に舌打ちをする。

「月花」

低い声で守り蜂を呼びながら、まゆの腕を引っ張り戸口へ向かった。わずかに抗《あらが》う小さな体をひきずるように小屋を横切ると、開いた扉から夜の中に放り出す。

「まゆを、見ていてください。動けるようなら先に小屋に戻りなさい」

「わかった」

守り蜂は、闇の中で蛍のように自らの体を輝かせた。その場にうずくまり動こうとしないまゆの髪にそっと止まる。その様子を確かめてから仙道は小屋に戻った。内側から鍵をかけると、やせ衰えた女のもとに足を運んだ。膝をつきその顔を確かめる。

「私の鞄を」

鞄を手渡してくれたのは凪だ。礼を言い鞄から幾つかの瓶を取り出す仙道に凪は聞いた。

「あの子は大丈夫か？」

「ええ。月花がついていますから」

仙道は一つの瓶の蓋を開け、中身を指先にとった。乾いて色を失った女の唇にトロリとした蜜を塗りつけるが、反応はない。続いて別の瓶を取り出す。強く振ってから蓋を開けると、ふわりと芳しい花の香りが広がった。女の鼻先に近づけるが、表情はわずかも動かない。仙道の表情に苦いものが走る。

仙道は立ち上がると、様子を窺っていた旅芸人の仲間に手にしていた瓶を渡した。

「湯を沸かして、中身を溶かしてください。その湯で布を濡らして絞り彼女の体を拭いてあげてください」

オズオズとした仕草で若い娘が瓶を受け取った。

仙道は女の側を離れて、奥の寝台に向かった。そこには子どもが眠っていた。五歳ほどの男の子だ。この子も、ひどく痩せていた。

仙道は、母親にしたと同じように、男の子の唇にも蜜を一滴たらした。祈るような気持ちで見守っていると、ごく微かに唇が動いた。蜜を嘗めようとするほど強い動きではないが、仙道の心に希望の灯が点った。

「この子が眠りに囚われたのは五日ほど前だそうだ」

凪が囁く。

「完全に眠りについてからは、まだ一昼夜たっていない」

仙道はうなずいた。再び蜜を指に取り、今度は男の子の口の中に落とし込んでやる。

「戻っておいで。目を開けなさい」

「無駄だ」

しわがれた声が響いた。

「今更そんなことしたって、助かりっこない」

仙道は答えなかった。

「トコネムリにかかったら、百のうち九十九は死ぬんだろう」

トコネムリと名づけられた奇病の歴史は古い。その名の示すように、この病に侵された者は睡眠をコントロールすることができなくなるのだ。一日の大半を眠ってすごすようになり、やがては完全な昏睡状態に陥り、衰弱し死亡する。

心臓に悪い血がたまっているからだ、あるいは脳に出来物があるからだ、学者たちはさまざまな説を唱えたが、原因は未だにわからず治療の術《すべ》もない。発症から死亡するまでおおよそ半月だ。

眠り続ける者の口に麦のストローを差し込んで、蜂蜜を溶かした湯を与え続けることが唯一とも言える対処法であるが、それも気休めに過ぎない。衰弱を食い止めることはできないし、つねったり叩いたり、時に針を刺すような刺激を与えても目覚めることはないのだ。

「ええ。百人のうち九十九人は亡くなります。残念ながらね。でも、助かる者がいないわけじゃない」

辛抱強い口調で答えたのは凪だ。小さな患者を見守る仙道は背後のやり取りに注意を向けなかった。今にも消え入りそうな息遣いに耳を傾け、脈を取る。

「そのまま死なせてやったほうが、その子の為だ」

重苦しい声は座長のものだ。

「母親も今、死んだ」


まゆは、じっと朝を待っていた。春の明け方なのに、震えが止まらない。ぎゅっと自分を抱きしめても、体の芯が冷たくて、どこかに深い風穴が開いているかのようだ。

仙道に小屋から放り出されて、どれくらいの間、呆然としていたのかわからないけれど、それでも一度は立ち上がって小屋に戻ろうと思ったのだ。でも小屋には内側から鍵がかけられていた。扉を叩いて入れてくれという勇気がなかった。仙道に迷惑そうな顔をされ、外で待っていなさいと言われるのが怖かったのだ。

弟子なのに、何の役にも立たなかった。あんなところでパニックを起こして、足手まといになった。

まゆは小屋の壁に背を預けてズルズルと座り込んだ。立てた膝に顔を埋めると、泣きたくなってくる。微かな羽音。月花が話しかけていることはわかるけれど、心が乱れたまゆには、ちゃんとした言葉として彼の声を聞き取ることができなかった。それでも慰めてくれていることは伝わった。

長い、長い夜だった。薄い一枚の木の扉が分厚く重い石の扉に感じられた。

トコネムリという、聞きなれない名前の病に侵された女の人の目を見てしまったからだ。眠りに侵されているというあの人は目を開いていた。でもそこに世界は映っていなかったのだ。

あの目を見てしまった時、まゆは頭の中が真っ白になって、悲鳴をあげてしまった。仙道に小屋から放り出されるまで、自分が何を考えていたのかも覚えていない。

憎悪に満ちた目なら知っている。怒りや蔑《さげす》みや、獲物をいたぶる残酷な愉悦に満ちた目も。あからさまに迷惑そうだったり、まゆを馬鹿にしたり……そういう目なら幾らでも知っているし、怖くはないのだ。

無関心で、ただ通り過ぎていく眼差しを淋しく思った日もある。胸がひんやりして、カサカサ乾いた音がした。

でも、あんな目は知らない。見開かれた二つの目の中には、何にもなかった。

あれは絶望だったのだろうか。

すっと、風が吹き抜けて、まゆは顔をあげた。ひんやりとした風だが、一日の始まりを告げる光を共に運んでくる。空が少しずつ明度を上げていく。

キイッと小さな音を立てて、扉が開いた。まゆは飛び跳ねるように立ち上がった。

「お師匠」

仙道は一夜にして少し痩せたようだった。疲れきった顔をしているが、まゆを見るまなざしは優しく穏やかだった。そして彼の腕には毛布に包まれた男の子が抱かれていた。まゆが伸び上がってその顔を覗き込むと、男の子は穏やかな寝息を立てていた。頬に赤みが戻っている。この子はもう大丈夫なのだ。仙道と凪は、この子を死の淵から引き戻したのだ。ほっとして、目に涙が滲む。

一つの命を救った仙道は、それでも苦しい響きで告げた。

「母親を助けることはできませんでした」

「この子は、どうなるんですか？」

「村で暮らすことになるでしょうね。一座の人たちは、この子の面倒を見る余裕はないと」

「そうですか」

何も知らず眠り続ける幼子を見つめるうちに、まゆの瞳に、また別の涙が溢れた。

「まゆ？」

「私、何もできませんでした。ただ、怖くて……」

それ以上しゃべったら声をあげて泣き出してしまいそうで、まゆはぎゅっと唇を結んだ。

そんな小さな弟子の姿に何を思ったのか、仙道は小屋の中に向かって声をかけた。

「凪先生、この子をお願いできますか」

凪の腕に男の子を渡すと、仙道はまゆの肩を抱くようにして歩き出した。

「まゆ、あなたは何も悪くありませんよ。昨夜のことは、私が判断を誤りました。あなたを連れてくるべきではなかった」

まゆが頼りない弟子だから、そんな風に言うのかと、胸がズキリとした。だが仙道は、そうではないと言葉を続けた。

「お師匠？」

「トコネムリという病について教えておくべきだったと思っています。あの病だけでなく、世界が今、どんな脅威にさらされようとしているのか話しておくべきでした」

「まゆ、小屋で何を見ました？」

仙道の問いかけは静かだった。だから、まゆは答える勇気を持てた。幻覚だと笑い飛ばされるかもしれない。それでも、まゆは言った。

「花が見えました」

あの時、やせ衰えた女の背後に巨大な花が見えたのだ。どんな図鑑でも見たことのない形をした極彩色の花だ。蔓《つる》状の茎は女の体に巻きつき、その痩せた身を食い破るように伸びていた。

「まるで、あの人の体を苗床にしているみたいで」

「そうですか」

仙道は、ぽんとまゆの頭を軽く叩いた。気持ちを切り替えるように明るい声で、彼は続けた。

「さあ、帰りましょうか。帰って朝ごはんを食べて、少し眠って、それから荷造りをしましょう」

「荷造り？　どこか行くんですか？」

「昨夜、話したでしょう。知人から利き蜜の依頼を受けたと」

「お師匠」

はぐらかされたような気持ちになって、まゆは声をあげた。トコネムリのことや、他にも色々なことを教えてくれると言ったのに。仙道は微笑んだ。

「そこに、答を探しに行くんですよ」

二章　再会の時

「まゆ、そんな顔をしていると、引ったくりにあいますよ」

仙道の苦笑まじりの声に、ポカンと口を開けて駅前の大通りを行き交う人の群れを見つめていたまゆは、慌てて口を押さえた。麦わらのボンネットに飾られた緑のリボンが揺れる。村での気楽な服装に慣れたまゆは、ひさびさに身に着けたドレスにどこか居心地悪そうだ。ドレスと言っても子ども用のそれだから丈も引きずるほどではなくコルセットもつけていないのが、せめてもの救いだ。革のブーツとあわせて、それはまゆの母が送ってきたものだ。

都会育ちの彼女は、娘は百貨店もない村で不自由しているに違いないと、季節ごとに巨大な荷物を送りつけてきた。ドレスだけでなく、装飾品やお菓子、手芸の道具、玩具、色鮮やかな本。村での生活には不要な物ばかりだった。

仙道は丁重な手紙と共に、そのほとんどを送り返していたが、いつかまゆが村を出る時のためにとドレスを一式だけ取り置いたのだ。村に来た時に着ていた物は、二十センチも背が伸びたまゆには、サイズが合わなくなっていたから。

「まあ、気持ちはわかりますけどね。まるで別世界です」

トランクを下ろしながら仙道は肩をすくめた。カガミノから馬車で二時間かかる一番近い駅から汽車に乗った。車中で一泊して、さらに一度乗り換えて、二日ばかりかけてようやく辿り着いたのだ。

旧友が住むポートタウンは海の玄関と呼ばれている港町だ。異国との交流も多いため、物珍しい品物が溢れ、行きかう人々の服装もどこかしら華やかで洗練されている。走っている馬車も、村で見るような荷馬車ではなく大型の箱型で、それを引く馬もまた見惚れるほど立派なものだ。

「ハオプトシュタットは、ここより都会だったでしょうに」

カガミノで仙道に弟子入りする前、まゆが両親と暮らしていた町は政治経済の中枢で、都会と言えばそこ以上の都会はない。町の全てにガス灯が灯り、整備された道路を走るのは、馬車ではなく自動車だった。数年前には地下鉄も開通し、飛行船の発着場もあるのだ。

「でも、ここの方が、にぎやかです」

「ああ、そうですね」

官庁はじめ政府機能が集中し、役員宿舎や要人邸が整然とならぶ町並みには、確かに港町の持つ活気や華やぎはなかっただろう。まゆの父親ヴィルヘルム・アーベラインは、この国で最も成功したと見なされる貿易商で、その居宅は町の一等地にあるという。

実はとんでもないお嬢様で都会育ちのくせに、まゆは、どうやら人の多い場所は得意ではないらしい。面白そうに町の様子を眺めてはいるが、ソワソワと落ち着きがなかった。

「お師匠のお友だちはここにいるんですか？」

「さて」

仙道はポケットから手紙を取り出した。

「彼の会社はここにあるそうですが、経営は人に任せてあるようですね。暮らしているのは、別な場所で……養蜂場と言えばわかると書いてありますが」

駅前の案内板に目をやって、首を傾げる。

「この乗り合い馬車に乗って養蜂場という所で降りれば良いと思うのですが、日に四本しか走らないとは、のんびりしたものですね」

次の馬車が来るまで一時間ちょっとある。

「お茶を飲みましょうか」

二人は目についたカフェに入り紅茶とマフィンのセットを頼んだ。焼きたてのマフィンには、クリームとイチゴジャムと蜂蜜が添えられている。

「あ、菩提樹」

ちょっと香りを確かめてから、まゆはにっこり笑った。

「月花、菩提樹の蜂蜜が好きですよね」

「いいですよ。出ていらっしゃい」

仙道が囁くと、シャツの胸ポケットからモソモソとはい出してきた月花は嬉しそうに、まゆが差し出した銀のスプーンに飛びついた。羽音に驚いたように振り向いたウェイトレスは、それがただの蜂ではなく金色の守り蜂だと知ると、微笑んだ。

その時、バンッと、店の扉が乱暴に開け放たれた。

「だから、それじゃ話にならないって、あいつに言っとけよ！」

「言いましたよ！　何べんも！」

言い争いながら入ってきたのは若い男と、やや年かさの男の二人連れだ。どちらも頭に血が上っている様子で、自分たちの大声が静かな店の雰囲気をぶち壊しにしていることに、まるで気づいていない。客たちはあからさまに迷惑そうな顔をし、ウェイトレスも声をかけそびれていた。

びくっと、まゆの手が震えた。冷たい汗が浮かび、息が苦しくなってくる。スプーンを取り落としそうになった指を、ふわりと仙道の手が包み込んだ。まゆの手をしっかり握ったたまま、仙道は男たちに声をかけた。

「大きな声を出さないでください」

激しくも大きくもない声には、だが不思議な力強さがあった。男たちは思わず口をつぐみ、シンと店が静まった。まったく別な意味で人々の注目を集めていることに気づき、引っ込みがつかなくなった若い男が、今度は仙道に向かって声を荒げた。

「な、なんだよ。お前」

「おい、やめとけ。利き蜜師だ」

もう一人のやや年かさの男が連れの腕を掴んだ。彼は仙道が連れている金色の蜂に気づいたのだ。

「しかも、金のマスターだ」

「え……」

若い男は驚いたように口をつぐむ。仙道が金のマスターと知って、人々がざわめく。こんな時まゆは、それがどれほど名誉ある職位なのか感じるのだ。

「どうぞ、もう少し穏やかな声で話してください」

仙道は、雰囲気を和ませるようにおどけた口調で言った。

「私の守り蜂は、とても繊細なので」

男たちは銀のスプーンに体を突っ込むようにして蜂蜜を味わっている金の蜂に目をやった。蜂はまったく騒ぎに動じた様子はない。だがスプーンを手にした少女は違う。表情は硬く、顔色は悪い。細かく震える手。脅えているのだ。

「……悪かったよ」

若い男が言った。気まずそうに、ぎこちなく、あちこちのポケットに手をやっていた彼は、ふと思いついたように上着のポケットから何かを取り出した。小ぶりだが艶々したリンゴだ。

「びっくりさせて、ごめんな」

彼はリンゴを、そっとまゆの前に置いた。まゆはゆっくり瞬《まばた》きをした。

「まゆ」

穏やかな仙道の声に背を押され、まゆは目をあげて男の顔を見た。

「ありがとう」

声は小さくて震えていたけれど、ちゃんと言えた。男は、にかっと笑うと、まゆたちに背を向けて奥の席へ歩いて行ってしまった。年かさの男も二人に会釈して後に続く。

マフィンは素晴らしくおいしかったけれど、まゆは半分も食べられなかった。仙道はウェイトレスに頼み、残ったマフィンを包んでもらった。

「行きましょうか、まゆ」

仙道に促されてまゆは席を立った。仙道が会計を済ませ、店を出たところでまゆは謝った。

「ごめんなさい」

「何が？」

「あの人たち、喧嘩していたわけじゃないのに……びっくりしてしまって」

たぶんあのタイミングで、仙道が手を握ってくれなかったら、まゆは悲鳴をあげていたと思う。あの二人は別に争っていたわけではなく、ただ興奮して声が大きくなっていただけだ。頭ではわかっていたのに、まゆは二人が今にも殴り合いの喧嘩をするんじゃないかと、怖くなってしまった。大きな声や音は、まゆを怯えさせる。自分が殴られるんじゃないかと思って、身がすくむ。

のんびりとした村での生活では、ずっと忘れていた恐怖だ。過剰に反応してしまう自分が、ひどく子どもじみて感じられ、まゆはうつむいた。

「私も、びっくりしましたよ」

仙道は、のんびりとした口調で言った。

「あんな場所で大声はいただけませんね。まあ、悪い人たちではなかったですけど」

気にしなくて良いのだと、ぽんぽんとまゆの頭を軽く叩いてから、仙道は懐中時計を引っ張り出した。

「さてと……まだ少し時間がありますね」

本当は馬車の時間までカフェで、ゆったりお茶をしている筈だったのだ。別な店に行くか、いっそ辻馬車を頼むか、仙道は考え込んだ。少し神経質になっているまゆを今、見知らぬ人と一つの馬車に押し込むのは良くないかもしれない。そこに、声をかける者がいた。

「あんたたち、カスミさんの養蜂場に行くのかい？」

ずんぐりとした馬が引く荷車に麻袋を積み上げている若者だった。

「ちょうど配達があるから、いっしょに乗って行くかい？　荷台になっちゃうけど」

「お願いします」

若者は最後の袋を積み上げると、まゆの体をひょいと抱えあげて荷台に乗せてくれた。彼が二人分のトランクを軽々と積み込むあいだに、仙道は自分でよじ登った。御者台に飛び乗った青年が優しく馬に声をかけると、荷車はコトコトと走り始めた。

「カスミさんは変わり者でね、花場が荒れるからって、敷地に大型馬車の乗り入れを認めないんだよ。だから、乗り合い馬車で行っても、どうせ屋敷まで二十分は歩かなきゃならない所で降ろされる。こういう小さい荷車の方が便利なのさ」

舗装された大通りを抜けると道は土を踏み固めただけの物に変わった。ゆるやかな上りになっている道を、頑丈そうな馬は、まるで苦にする様子もなくポクポクとリズミカルな足取りで進んでいく。ずいぶんのんびりとした道行きになりそうだと、仙道は上着を脱いで襟元を緩めた。

まゆは荷台の柵に頬杖をついて、ゆったり流れる景色を見やった。そこに座ればいいと言われたのは、中味の詰まった麻袋で悪い座り心地ではない。青空が広がり、初夏の風がまゆの髪を揺らす。

「ところで、あんたたち、カスミさんに何の用事だい？」

御者台の青年が聞いた。

「あの人、知らない人間には滅多に会わないと聞いたけど。俺は親父の代からずっと配達の仕事をもらっているけど、一年に二度も会わないぞ」

「仕事です。利き蜜の依頼を受けたので」

「へえ、あんた利き蜜師かい。そんなに若いのに」

青年があんまり驚いた顔をしたので、まゆはくすんと笑った。経験が大きくものを言う利き蜜の世界で、まだ三十歳前に見える仙道はひよっ子と見られても不思議はない。彼が本当は、金のマスターと知ったら青年は御者台から転がり落ちるほど驚くかもしれない。

そう言えば、仙道の年齢を知らないと、まゆは思った。一見すると若く見えるが、最高位の利き蜜師であるし、今の村に落ち着くまでは長く国中を旅していたと聞くから、本当は四十歳近いのかもしれない。だが思い切って聞こうとする前に、御者台の青年の言葉に耳を引きつけられた。

「利き蜜ってことは、あの蜂蜜を調べに行くのかい？」

「ご存知ですか？」

「ま、噂だけだがね。なんでも、食べても食べても次の日にはすっかりもとに戻っている蜂蜜の壷があるって」

「お師匠、それ本当ですか？」

「それはついてのお楽しみですよ」

仙道は軽やかに笑った。

この仕事の内容を、まゆは聞いていなかった。仙道のもとに珍しく届いた手紙の中味は教えてもらっていなかったし、そもそも仙道が村を出ての仕事にまゆを同行させるのもはじめてのことだ。

「気分転換になるでしょう」

仙道はそう言った。

「部屋にこもって、唸ってばかりいても、修業の成果はあがりませんからね」

まゆはうつむいた。仙道は決してまゆを責めているのではない。それでも、がっかりはしているのだろう。

春に本格的に利き蜜師としての修業を始めてはや二ヶ月。何の成果もあがっていないどころか、ズルズルと後退しているような気にすらなる。今日こそ頑張らなくてはいけないと思えば、なおのこと体が強張り、昨日までできたことさえできなくなってしまう。

並べられた蜂蜜がどれも同じ味に感じられる。はっきりと色も香りも違うのに、舌が冷たく痺れたようで何もわからなくなってしまうのだ。

急にふさぎ込んでしまったまゆを気づかったのか、荷車をあやつっていた青年が陽気な声をあげた。

「ほら、ここいらからずっとカスミさんの土地だよ。と言っても屋敷まではあと二十分はかかるけどね」

「ああ、良い花場ですね」

仙道の声にまゆは顔をあげた。緑濃い風が鼻をくすぐる。

「わあ……」

紅色のレンゲの花が、これでもかというほどに見渡す限り咲いている。小さな荷車が一台ギリギリ通れるくらいの幅しかない道が一筋ある他は、緑の絨毯《じゅうたん》だ。仙道とまゆには一目でわかった。土も水も豊かで、花たちは何の憂いもなく咲いている。山に囲まれたカガミノより開放感があり、陽射しも強いようだった。

仙道は少し離れた木立の側に置かれた巣箱に目を留めた。

「月花」

そっと呼びかけるとシャツのポケットからモゾモゾと守り蜂が這い出してきた。仙道が何も告げずとも、月花は二、三度羽の具合を確かめた後で、飛び立った。これで、数時間のうちに仙道のもとには、この花場に暮らす蜂たちの声が余すところなく届くわけだ。

「あれが工場だよ」

青年が手を上げて示した方向を見て、まゆは目を丸くした。

「大きな工場。あそこで何をしているんですか？」

まゆのいる養蜂場にはあんなに大がかりな設備はない。採蜜の作業はほとんど屋外でやるので、屋内の作業場は清潔ではあるけれど、さして広くはない建物の一角なのだ。

「カスミの養蜂場では蜂蜜だけでなく、それを加工した製品を色々と手がけているんですよ。飴や蜂蜜酒といった食品類から、石鹸や歯磨き粉から化粧品まで。それに、栄養成分だけを取り出す実験もやっていると聞きます。もちろん研究設備も充実しているのでしょうね」

「凄いですね」

カガミノにも、昔ながらの手作業にこだわるやり方を古臭いと考える者はいるし、よりはっきりと批判して去って行った者もいる。彼らは、こんな風に近代的で大きな養蜂場へと転職して行ったのだろうか。

荷車は工場を通り過ぎまたしばらく花畑の中につけられた道を行くと、これまた見あげるほどに立派な屋敷の前で止まった。男は少し先にある別の建物を指さして言った。

「ここがカスミさんの住まいだよ。俺はあっちで荷下ろししなきゃならいから、ここで」

「ありがとうございました」

仙道とまゆはお礼を言って荷車から降りた。ゴトゴトと遠くなる荷車に手を振ってから、まゆは屋敷をふり返った。訪れる者を拒むように立ちはだかる高い門扉ごしに、屋敷の様子をのぞき見る。

「凄いお屋敷ですね」

石造りの洋館は三階建てで、まゆが暮らす村の全員が泊まっても、まだ部屋があまりそうだ。よろい戸が閉められたままの窓が幾つも続いている。いったい何人がこの屋敷に住み、あるいは働いているかわからないが、毎日、全てのよろい戸を開け閉めするには、手が足りないのだろう。あの分では屋敷の中は昼でも暗く、息苦しいのではないだろうか。

晴れ渡った青空を背にした洋館を見上げ、まゆはちょっと唇を噛んだ。心がピリピリする。屋敷が大きすぎて、ちょっと怖がっているだけだと思う。人嫌いの変わり者と言われているカスミに会うのに緊張しているだけだと思う。でも、もっと違う何かも感じる。

すっと仙道がまゆを追い越すと、門扉を押し開いた。

「さ、行きますよ」

トランクをひょいと持ち上げてすたすたと歩き出す仙道に、まゆも慌てて続いた。


映画の中でしか見たことのないような執事という老人に案内された先は、屋敷の二階にある応接室だった。まゆが内心でビクビクしていたようなことはなく、窓からたっぷりの光が差し込む明るく居心地の良い部屋だ。調度品も高価そうなアンティークで、屋敷の主人の趣味の良さを窺わせる。

待つほどもなく、主が姿を見せた。

「久しぶりだな、ハルカ」

八十歳に手が届くといった様子の小柄な老人だった。左手に持ったステッキにすがるようにして立っている彼は、ひどく気難しい顔をしていて、声もガラガラと怖い響きを持っている。

ハルカ？

まゆははじめて耳にする名を口の中で繰り返した。師匠である仙道を、そんな風に呼ぶ人は他に知らない。

「お久しぶりです、カスミ」

ずいぶんと年上の相手に、まるで懐かしい友のように挨拶した後で、仙道はそっとまゆの背を押した。

「こちらは私の弟子のまゆです」

「マユラ・アーベラインです。どうぞ、まゆと呼んでください」

「ああ」

カスミの視線はチラリとまゆの上を流れただけだった。彼が会いたいと思い呼びつけたのは、利き蜜師の仙道であって、その弟子ではない。まゆは大人しく、仙道と並んでソファに座った。

先ほどの執事が紅茶を運んできた。彼がカップをテーブルに並べ、静かに下がっていくのを見送ってから、カスミはステッキを手に書棚へ向かった。繊細な造りの扉に鍵を差し込むと、奥が隠し金庫になっているようで、もう一つ、金属の扉が見えた。カスミが金庫から取り出した物は小さな壷だった。その壷を、カスミは仙道とまゆの前に置いた。

「これが、問題の蜂蜜だ」

それは大人の両手ですっぽりと包み込めてしまいそうな小さな壷だった。ほんのり青みがかった白い磁器だ。

「手紙に書いたとおりだ。不思議な蜂蜜で、使っても使っても、次の日には元どおりになっているのだ」

カスミは重々しい口ぶりで言った。

「いつからですか？」

「昨年の暮れだ。掃除をしていた者が見つけた。他にも壷はあったが、奇妙なことが起こるのは、最後にあけたこの壷だけだ」

まゆも仙道も言葉を挟まず、続きを待った。

「私はこの蜂蜜の正体が知りたいのだ」

「調査に出したことはないのですか？」

「むろんだ」

カスミは言った。

「他人など信用できん。この奇跡の蜂蜜を人の手に渡したとたん、二度と戻ってくるものか。お前の手を借りるのも本当は不本意なのだが、背に腹は代えられん」

「でも、蜜の種類くらいはわかるのではないですか？」

利き蜜師のように正確に見極めることはできなくても、カスミのように蜂蜜を扱っている者なら、おおよその産地や花の種類を見分けることができるだろう。

「まるでわからない。私もこれで七十年近く、蜂蜜と関わってきたのだ。たいていの花の蜜の味を知っている。だが、この蜂蜜は何かが違う」

カスミは皺《しわ》だらけの手で壷をさすった。まるで、大切な宝物を人には絶対に触らせない、見せることもしたくないという、昔話のけちんぼな魔法使いのように。尽きることのない蜂蜜なのに、彼はそれを誰にも分けることができない人なのだ。

「どう思います？　まゆ」

ふいに声をかけられて、まゆはとっさに思いついたことを答えた。

「ええと、カスミさんが知らないうちに、誰かがつぎ足しているんじゃないでしょうか」

「見たように普段は金庫にしまってあるし、夜は私以外は屋敷には誰もおらん。執事も家政婦もメイドたちも夕方には離れに帰るし、ここの警護は完璧だ」

むっつりとカスミが答えた。

「一人ぼっちなの？　こーんな大きなお屋敷なのに」

「他人など信用できんからな」

ばっさりと切り捨てるような口調だった。まゆは思わず助けを求めるように仙道を振りかえった。けれど、師匠は軽くあごに手をあてて、蜂蜜の壷をながめるばかりだ。

「蜂蜜は、あくまで自然に増えている、と」

カスミがせかすように身を乗り出す。

「どうだ、何かわかりそうか？　お前にならら特別に、この蜂蜜をなめさせてやってもいい」

「ええ、ごちそうになりますよ。でも誤解しないでくださいね。私がここに来たのは、その壷の謎を解くためじゃないんです」

「今さら何を言っている？」

「私はただ、あなたに弟子を紹介するために来たんです。あなたのお役に立つのは、まゆでしょう」

仙道は言った。

「お師匠？」

まゆも驚いたけれど、カスミの驚き方は、それ以上だった。

「なんの冗談だ？」

「本気ですよ。まゆには大変な才能があります。いずれは、私を凌ぐ利き蜜師になるでしょう」

まゆは、うつむいた。仙道は、いつでも誰に対しても、そう言うのだ。

それを聞く人は、ひどく驚いたように、羨ましがるように、ちょっぴり皮肉げに、まゆを見る。カスミもきっとそんな目をしているのだろう。まゆは複雑な模様を織り上げた絨毯に目を落とした。誰に言われなくても、自分がそんなご立派な者でないことくらいわかっている。

利き蜜師の卵どころか、蜂飼いとしても歩き始めたばかりのヒヨコだ。知識はあるとしても、一年を通して蜜蜂たちを守り育てる自信などない。病気になったら？　スズメバチに襲われたら？　花場が荒れたら？　天候が悪くなったら？

一人では何もできない子どもなのに、まゆは仙道の弟子なのだ。

でも仙道の声にも表情にも、からかいや冗談の色は少しもない。いったいどこから、その評価を引っ張り出してきたかは不明だが、彼は大真面目なのだ。

二年前、仙道が差し出してくれた手を取ったとき、まゆの心は喜びと誇らしさで一杯だった。金のマスターと称えられる利き蜜師が、自分には才能があると言い、弟子に欲しいと言ってくれたのだから。だが今は、逃げ出したくなるばかりだ。

「お前ではなく、その子どもが利き蜜をするだと？　ふざけるな」

はき捨てるようなカスミの声に、まゆは身をすくめた。彼女の意思ではないけれど、仙道を差しおいて仕事をしようなんて、傲慢で恥知らずな子どもだと思われたに決まっている。

だがカスミの憤りの声は、まゆに向けられたものではなかった。

「そんな子どもを利用して、何をするつもりだ」

驚いて顔をあげると、カスミは仙道を睨みつけていた。仙道は静かに首を振った。

「違います」

「あの時と同じだ。お前は自分の野心のために、またも誰かを犠牲にするつもりなのか？」

鋭い眼差しに、仙道はわずかに顔を歪めた。そんな師匠の表情ははじめて見る。まゆはドキドキする胸をそっと押さえた。

二人は古い知り合いだという。その過去に何があったのだろう。カスミは仙道を責めるような眼差しで見ていて、仙道はそれを受け止めている。だが落ち着きを取り戻した仙道は、静かにカスミを見返してきっぱりと言った。

「そんなつもりはありませんよ。まゆを利用するつもりも、ましてや危険に巻き込むつもりなど」

「どうだかな」

はき捨てるようにカスミが言い、気まずい沈黙が落ちた。自分で仙道に仕事を依頼しておきながら、彼はなんでこんなにも喧嘩腰なのだろう。

わけがわからずに、まゆは二人のやりとりから目をそらして、蜂蜜の壷を見た。すべすべした白磁の壷だ。やわらかな曲線をえがいた壷に、まゆはそっと手を伸ばした。青みがかって見える白い壷は、きっととひんやりとしているのだろう。だが指から伝わってきたものはぬくもりだった。

「……あったかい」

思わずこぼれ落ちた言葉に、仙道が顔をあげる。

「どうしました？　まゆ」

「この壷、あったかいんです」

「まさか」

カスミは首をふったが、仙道は壷に触れてみた。何かを確かめるように少しの間軽く目を閉じていた彼は、やがて目を開けて小さくうなずいた。

「確かに、ぬくもりを感じますね。ごく微かなものですが」

「でも……」

まゆは、こんなにはっきりと感じるのだ。すると仙道は、にっこりとまゆに笑いかけた。

「あなたの感じ方を信じて、忘れないでください、まゆ。これが、あたたかなものだということを」

「おい、ハルカ」

カスミが何か言いかけるのを、仙道は軽く手をあげて止めた。

「まゆ、少し外を歩いていらっしゃい。私はカスミと話があるので」

「……わかりました」

まゆはソファを立った。部屋を出ようとしたところでカスミに呼び止められる。

「キッチンにいるポーラに言えば、おやつをくれるぞ」

カスミは、まゆのことをよほど小さな子どもと思っているようだが、その口調は不愉快なものではなかった。

「ありがとうございます。私、養蜂場の方を見に行ってもいいですか？」

「好きにしろ。もし工場の中が見たいようなら守衛に、私が許可したと言えばいい」

「はい」


窓辺に立ち、屋敷の広い中庭を見下ろして、仙道は微笑んだ。ちょうど屋敷から駆け出したまゆが、幾何学模様に整えられた見事な庭園には目もくれず、門の方に走っていくところだった。養蜂場に蜜蜂たちの様子を見にいくのだろう。レンゲの花が咲く野の道を荷車が通り抜ける間も今にも飛び降りたそうにウズウズしていたのを知っている。

「お前は、変わったな」

皮肉そうな声をかけられて、仙道はふり返った。

「あれから、ずいぶんと長いことたちますからね」

「時間の問題じゃない。昔のお前なら、自分に来た仕事を人に渡すようなことはしなかった。まして、こんな珍しい話。報酬だって思いのままだぞ」

「確かに、利き蜜師として興味深い仕事だと思いますよ。あの蜂蜜に込められた情景を読み解くことは。でもそれより、まゆが見事に答を見つけ出すことの方が、わくわくします」

仙道は窓枠に背を預け、ソファに座るカスミを見た。

「あの事件の後ずっと、私は一人で生きていました。誰かのために何かをするのが嫌で、わかちあうことも、ひとつ所にとどまることも避けていました。人とかかわりあうことは面倒だったし、怖かったのかもしれない。季節とともに旅をし、あらゆる蜂蜜を求めてさ迷う日々でした」

あなたと同じようにね。仙道は胸の中で小さくつけくわえた。

「どこまでも孤独に生き、いつか許されるなら死んでいく。そう思っていたのに……」

仙道は小さく息をはいた。

「でも、あの立ち寄った小さな養蜂場で出会ってしまったんですよ。とてつもない才能を持ちながら自分では少しも気づいていない子どもに。まるで昔のあなたのようでしたよ。あんまり危なっかしくて、思わず、手を取ってしまって……今日に至るというわけです」

「後悔しているのか？」

「いいえ」

仙道は首を振った。

「ただ、運命なんてわからないものだなと思うだけです」

カスミは、何かをはかるように仙道の顔を見て、それから蜂蜜の壷に目をやった。ずいぶんとたってから、彼は重い口を開いた。

「東の地で、悪しき風が吹いていると聞いた」

「あなたの耳にも入りましたか」

カスミがそう言い出すことを予想していたかのように、仙道の声は穏やかだった。

オオスズメバチに似た、だが異なるものの襲来、じわじわと人々を侵す病。

「あいつが封印を解いたのでは、と思ったのですが、そうではないようですね」

「その日が近く、それがため、主の目覚めを感じ取り銀蜂どもが動き始めたということか？」

「そんな筈はないのですが」

仙道は首を振った。

「銀蜂たちは、王の影響を受けるもの。あいつ……仮に私たちが銀黒王と呼んでいたあの王がいなくては、存在すらできない筈」

銀黒王は未だ封印を解いてはいない。それなのに、悪しき銀色の風が吹いている。仙道たちの知らぬ、新たな敵がいるということだ。

「いずれにしても、遠からず、あいつは私たちの前に姿を現すでしょう」

「だからなのか？　あんな子どもを戦いの場に追い立てようと？」

「まゆを戦いに引きずり込みたいわけではありません。ただ、この世界を生き抜いていく力を手渡したい。音楽家にとってそれが音楽であるように、利き蜜師にとってそれは蜂蜜であり利き蜜の技術でしょう。あの子が利き蜜師になるべく生まれてきたことは、明らかですから」

カスミは皺深い手で蜂蜜の壷を撫でた。

「あいつの話をすることが、私を呼んだ理由ですか？」

利き蜜の依頼は仙道を呼び出すための口実だったのかという問いかけに、カスミははっきりと首を振った。

「いや、蜂蜜の話は本当だ」

「昨年末に見つけたと言いましたね。どこで？」

「子どもの頃、住んでいた家の貯蔵庫だ。この養蜂場がもとは祖母のものだったことはお前も知っているだろう。祖母は毎年、私にその年で一番出来の良い蜂蜜を送ってくれたが、最後の年の物は私のもとに届かなかった。彼女が亡くなった後、ばたばたしていて、そのまま忘れられていたようだ。ここ半年ほど、祖母の家を整理していて、それで見つけた」

「なぜ今になって?」

カスミの祖母が他界してから、ずいぶんと長い時がたっている。今ではカスミがその年齢を追い越してしまったほどだ。

カスミは視線をあげた。会わずにいた決して短くはない歳月の中で、彼は老い、既に昔の彼ではない。かつて力強く世界を見据えていた瞳は、翳りをおびている。その瞳の中にどれだけの痛みを落とし込んできたのだろうと、仙道は思った。

カスミは囁くように言った。

「心を残して行きたくない。そう思ったのだ」

三章　過去への扉

まゆは濃い草の香りを胸いっぱいに吸い込んだ。巣箱の置かれた草むらに仰向けに寝転んでいると、青い空が広がっている。ゆっくりと雲が流れていく青空を飛び回る蜜蜂たちが金色の光を撒き散らす。

羽音に耳を傾けていると、彼らが何を話しているのかわかるような気がしてきた。まゆは仙道のように蜜蜂たちの言葉をはっきり聞き取ることはできないけれど、心を傾けていると大まかな気持ちの流れくらいは感じ取ることができる。蜜蜂たちは楽しそうで、ここでの暮らしに満足しているようだった。きっと良い蜂蜜が採れるのだろう。

「あの人、お師匠の古い知りあいだって言ったけど、どんな知りあいなんだろう。お師匠って、どこで利き蜜のこと勉強したんだろう」

まゆは今更ながらに、自分が仙道のことを何も知らないことに気づいた。

仙道と出会ったのは二年前のことだ。

あの春、こじらせてしまった風邪や、不安定な心を抱えて学校に行けなくなってしまったまゆは、空気の良い場所で静養した方が良いというお医者さんの意見で、養蜂業を営むおばさんの家に預けられることになったのだ。

薬で眠ったまま何時間も飛行船に乗って、その後は山道を馬車で二時間も行くうちに、すっかり具合が悪くなったまゆは、おばさんの家につく頃には、もう家に帰りたくてたまらなくなっていた。両親が自分を持て余していて、厄介払いのように送り出したことは知っているけれど、安心できる唯一の場所である自分の部屋に逃げ帰りたかった。

山すそに広がるおばさんの養蜂場では、ちょうどクローバーの花の盛りで、白い花が一面に広がっていた。それはとてもきれいな光景だったけれど、都会育ちのまゆには、あまりにも淋しい場所に思えた。

まゆが住んでいたハオプトシュタットは大きな町で、百貨店や劇場、書店、蜂蜜店、雑貨店、ドレスショップ、銀行、どんな店でもあった。それも他の町からわざわざ訪れる人がいるほど、立派な店ばかりだ。舗装された広い道路、夜にはガス灯の明かりがたえることはない。それに比べたら、青空だけがどこまでも広がる里の光景は、本当に何もない淋しい場所だったのだ。

都会ではとても味わうことのできない澄んだ風も、冷たさばかりが感じられ、まゆの心を揺さぶった。自分は捨てられたのだという気持ちが、ひたひたと胸にせりあがってきた。

馬車からまゆを抱き下ろしてくれたのは、背の高い男の人だった。白いシャツからは、ふわりとヴァーベナの香りがして、その優しい香りの中で、まゆはいきなり泣き出してしまった。あの頃、まゆはちょっとしたことで涙がこぼれてしまい、思い出しても顔が赤くなるくらい、子どもっぽいふるまいばかりしていたのだ。

「もう帰る。お家に帰る」

しゃくりあげながらそう言うまゆに、おばさんをはじめ周りの人たちがオロオロする中で、その人だけは慌てた様子も驚いた様子も見せなかった。まゆの背をぽんぽんと軽く叩いて、落ち着かせてくれてから、その人は言った。

「口をあけてごらん」

やわらかな声に言われるままに、まゆが口をあけると、銀のスプーンがそっと舌に何かを落としこんだ。蜂蜜だった。でも普通の蜂蜜ではなかった。舌の上でとろけて、口にふわりと甘みが広がる。あんまり美味しくて、びっくりして、涙が止まるほどだった。

「ほら、元気になった」

男の人はにっこりとまゆに笑いかけた。彼が身動きすると、まるで木立の中にいるような清《すが》しい香りがまゆを包んだ。不思議なことに、まゆの記憶に焼きついたものは、とびきりおいしい蜂蜜の香りでなく、青年がまとうヴァーベナの香りだった。

「いい匂いがする。レモン？」

まゆがつぶやくと、青年は少し驚いたようだった。まゆの目を見て、彼は静かに言った。

「ありがとう」

ぽんぽんとまゆの背を軽く叩いてから、青年は立ちあがった。まゆのおばさんと二、三言葉を交わして立ち去ってしまう彼の背を見ながら、どうしてお礼を言われたのかわからず、まゆは首を傾げた。

その青年が利き蜜師の仙道だと、まゆに教えてくれたのは、おばさんだった。天の舌を持つと称えられるほど素晴らしい、国一番の利き蜜師なのだと、おばさんは言った。

「あの方は、国じゅうを旅していなさるのさ。風みたいに自由で、ひとつ所にとどまることをしない」

「ふーん」

「さ、食事にしよう、まゆ。良い空気を吸って、うちの自慢の蜂蜜を食べれば、一月《ひとつき》もたたないで、すっかり元気になるさ」

おばさんの言葉は本当だった。山深い村の空気は冷たいけれど、とても澄んでいて、まゆの病気はみるみるよくなっていった。町で食べる白いふわふわのパンも美味しかったけれど、おばさんが焼く黒パンはもっと美味しかった。魚は嫌いだったのに、おじさんが川で釣ったばかりの魚をキツネ色に焼いてくれたら、ぺろりと食べてしまった。それに食卓にはいつも上等な蜂蜜があった。

はじめは恐る恐るだったけれど、蜜蜂の世話を手伝うようになって、たくさん体を動かすようになったからだろう、夜もぐっすり眠れ、まゆはすっかり元気になった。

「明日、町に帰るそうですね」

仙道が聞いたのは、午後のお茶の時間だった。はじめて会った日、蜂蜜をなめさせてくれた彼は、毎日、まゆのために蜂蜜を使った飲み物を作ってくれるのだった。蜂蜜を紅茶に入れてくれることも、しぼりたてのヤギの乳に入れてくれることもある。温かい飲み物の時も、冷たい飲み物の時も、ちょっと強いハーブが浮かべられていることもある。

「もう少し、ここにいたいのに」

二ヶ月前には泣いて帰りたいと言ったのに、今ではこのまま村にいたかった。でも両親から手紙が来てしまった。転校の手続きが整ったから帰ってくるようにと。新しい学校では事件のことは誰も知らないし、周囲の人たちもようやく静かになったから、と。

まゆはそっと袖口を引っ張って、手首に残った傷跡を隠した。自分で切ったものだ。なぜ、そんなことをしたのか、今ではもう思い出せないけれど。

「いつでも遊びに来るといいですよ。私もしばらく、この土地にとどまることにしましたから」

仙道は立ち上がると、棚から一つ蜂蜜の瓶を取り出した。

「今日は、コーヒー蜂蜜にしましょう。コーヒーの花は、わずか一日二日で散ってしまうんです。見たことありますか？　白い小さな花ですよ」

まゆは首を振った。蜂蜜に色々な種類があることも、ここにきてはじめて知ったのだ。まゆの家では貿易商の父親が懇意にしている蜂蜜業者があって、そこの一番売れている蜂蜜だけが一年を通して食卓にのぼった。

「コーヒーの蜂蜜は少し酸味があるけれど、好きな人はとても好きになる味ですよ」

「色もコーヒーみたい」

まゆが良く見る蜂蜜に比べて、ずいぶんと濃い茶色の蜂蜜だ。光にかざしたらどんな感じがするだろう。それは、ほんの思いつきだった。まゆは蜂蜜の瓶を窓に向けて、太陽の光にかざしてみた。

「あ」

「どうしました？」

「今、人が見えたんです。青いワンピースを着た女の人と男の子」

光の加減かなと、まゆは首をひねった。褐色の蜂蜜の中に鮮やかな情景が一瞬だけ浮かんだのだ。

コトリと、仙道は手にしていたカップをテーブルに置いた。そしてまゆの目をのぞくようにして、言ったのだ。

「まゆ。あなた、利き蜜師になる気はありませんか？」

差し出された手を取ったあの日から、まゆは、仙道の弟子になったのだ。

まゆの能力は過去見というのだと、仙道は教えてくれた。蜂蜜を通して過去の情景を見ることができる力だ。どんな花から生まれた蜜か、その花はどんな場所に咲いていたのか、どんな人がその花や蜂たちの世話をし、何に笑い何に泣いたのか。

利き蜜師としては大きな武器になる力だ。蜂蜜に加えられたどんな誤魔化しも、まゆの目は見通してしまうのだ。

でも、あまり役に立つ力ではないと、まゆは思う。利き蜜師の中には、蜂蜜を通して未来見をすることができる者がいるし、遠く離れた場所であってもかつてその蜂蜜に関わった者の現在を見ることができる者もいる。

ふいに蜜蜂たちが呼んだような気がして、まゆは草むらから身を起こした。仙道は時おり、そんな風に蜂たちを使ってまゆに伝言を送ることがあるのだ。だが見回す草原に仙道の姿はなかった。代わりにまゆが見つけたのはカスミだ。一人きりで、どこかへ行こうとしている。まゆの父親が紳士の必需品、ファッションとしてステッキを持っているのと違って、カスミは足が不自由な様子だった。左足をかばうように足どりは慎重だが、心はせいている様子で周りに目をやるゆとりもないようだった。

どこに行くのだろう。まゆは、そっと後を追いかけた。所々に置かれた巣箱の側を通り過ぎ、草原を突っ切り、カスミは山に向かっていた。少しずつ急になる坂道を苦労しながら進んで行く。飛び出して手を貸したい気持ちがあったが、そんなことをしたら追い払われてしまうような気がして、まゆは息をひそめるようにしてカスミの後を追った。

見つからないようにと少し離れていたまゆは、しだいに緑濃くなる道で、ふっとカスミの姿を見失ってしまった。どうしようかとウロウロしているうちに、木立が切れ、いきなり目の前に海が現れた。

「うわあ……」

まゆは思わず声をあげた。海を見たことはあったが、こんな風に高い場所から目の前一杯に広がる海を見たことはない。山から見下ろした里のようだが、青い海はキラキラ光って、潮の香りが強い。海からの風がまゆの髪を乱した。

「何をしている？」

声をかけられて、まゆは思わず飛び上がった。振り返ると、ステッキにすがったカスミがいかにも不機嫌そうな顔でまゆを睨んでいた。

「えっと、散歩です」

「ふん」

まゆの言葉に鼻で笑ったカスミはそれ以上の追及はしなかった。彼は再びまゆに背を向けるとぎこちなくその場に膝を折った。彼の前にあるものは白い石で作られた墓だった。すずらんの花束がそなえられている。

「あいつが来たよ」

カスミは静かに言った。まゆにではなく、その墓で眠る誰かに向かってだ。

それきりカスミは何も言わず、もちろんまゆのことなど目に入っていないようだったから、まゆも静かにしていた。木漏れ日が舞う、穏やかな時が流れる。

どれくらいそうしていたのか、やがてカスミは立ち上がった。長いこと同じ姿勢でいたせいか、よろけるその体を、まゆは今度はためらわずに支えた。彼がしっかりステッキに体重を預けるまで支え続ける。カスミもまゆの手を振り払おうとはしなかった。

二人は並んで、ゆっくりと、もと来た道を戻った。巣箱が置いてある辺りで、カスミが足を止めた。少し休もうと言う彼にまゆもうなずき、二人はレンゲの花畑に座り込んだ。カスミは手を伸ばし、レンゲの花を摘んだ。何をするのだろうと見ていると、彼は花冠を編み出した。皺深い手が、意外なしなやかさで動く。

まゆは少しずつ形になっていく花冠を見ながら、木漏れ日の差す白い墓を思った。カスミが口にした「あいつ」というのは仙道のことだろう。墓の主は、カスミと仙道の知り合いなのだ。

まゆの視線に気づいたのか、カスミは目をあげた。

「あそこには、古い友人が眠っている。私とハルカと彼女は、サフィール学園で共に学んだものだ」

「なんでお師匠のことをハルカって呼ぶんですか？」

まゆが不思議に思っていたことを聞くと、カスミは一瞬の沈黙の後で言葉を続けた。

「ハルカはハルカだ。今は仙道とだけ名乗っているようだが、仙道遥というのが彼の名で、珍しい響きだろう？　東の果ての今は無き国の生まれと聞いたことがある。学園で、親しい者はハルカと呼んだのだ」

「お師匠とカスミさんが、同級生？」

「珍しいことではない。サフィール学園は、老若男女を問わず利き蜜師を目指す者が集う学び舎だったのだから。……廃校になって久しいがな」

「カスミさん」

まゆは勇気をふりしぼって聞いた。

「昔、お師匠と何かあったんですか？」

じろりと睨まれるのを覚悟の上だった。だがカスミは花冠に目を落とし、言葉を濁した。

「友人を事故でなくした。私もハルカも、助けることができなった。それだけのことだ」

それきりカスミは口をつぐんでしまい、黙々と手を動かした。出来上がったレンゲの花冠を、カスミはぽんとまゆの頭にのせた。

「おかしな虫がよってこないように。まじないだ」


カスミの屋敷には驚くほど沢山の部屋がありどれも立派なものだったが、中でも素晴らしいのは図書室だった。まゆはハオプトシュタットの中央図書館を良く利用していたから、広さや蔵書数で驚いたわけではない。ただ個人の屋敷でこれほどの図書室はないだろう。そして蔵書の八割が蜂蜜に関する書物なのだ。

まゆは一生懸命背伸びをして本に手を伸ばした。背表紙に触れることはできるが引き出すことはできない。諦めて、踏み台を持って来ようとした時、人影が落ちた。まゆの後ろに立った人物はひょいと手を伸ばして高い場所にある本を取ってくれた。

「ほら」

まゆに本を差し出すのはカスミだった。小柄で足腰も弱っている老人とはいえ、カスミはまゆよりは少しだけ背も高く手も長かった。

「ありがとうございます」

「後、必要なのはあるのか？」

「ええと……あの右から三冊目の『アラニア洞窟壁画に関するオットー・フランクルの考察』と『近代養蜂の揺籃期』をお願いします」

それらは仙道との授業の中で参考になる文献と教えてもらったものだった。仙道はそうした知識を既にみんな頭に入れてしまったようで本はあまり持っていなかったし、小さな村には図書館というものはなくて、村長の家に申しわけ程度に書棚があるだけだったから、町に帰るまで手にすることはできないと思っていたのだ。それがカスミの図書室には何でも揃っている。

まゆは夢中になって本を読んだ。うっかりすると、カスミの蜂蜜の謎を解くという当初の目的を忘れそうな勢いだ。カスミは嫌な顔もせず、まゆの頼んだ本を取ってくれた。

「そら、これでいいのか」

「ありがとうございます」

まゆはそのまま行ってしまいそうなカスミを慌てて呼び止めた。

「あの……」

「なんだ？」

「昔のお師匠って、どんな人だったんですか？」

「なんで、お前がそんなことを知りたがる？」

「それは……」

まゆは口ごもった。けれど思い切って言った。

「知らないと、いけないような気がするから」

いぶかしげに眉をあげるカスミに、まゆはゆっくりと言葉を選びながら続けた。

「私はお師匠のことを、ほとんど何も知りません。昔のことだけじゃなくて、どんなことが好きで嫌いなのか、どんな夢を持っているのか、何が辛いのか……知らなかったら、助けてあげることもできないでしょう。私、お師匠の力になりたいんです。お師匠が助けを必要とした時にはきっと」

まゆのような子どもがそんなことを言って、笑われるかと思ったのに、カスミは真剣だった。

「そうだな。お前のような子どもの方が、ハルカを救うことはできるのかもしれない」

やがてカスミはそう言った。仙道を救う、と。ではやはり、まゆの師匠は何か抱えていて、救いを必要としているのだ。陰の欠片さえも、仙道はまゆに見せないけれど。

「ハルカは誰よりも才能に溢れる男だったし、自分でもそのことを知っていた。力を鼻にかけるようなところはなかったが、危ないことがあれば力がある自分が真っ先に立ち向かわねばと思うような男だった。そうだな、仲間に頼るとか力を合わせるということを知らない、傲慢な奴だった」

「危ないことが、あったんですか？」

「ああ。お前のような子どもはまだ知る必要のないことだが、恐ろしい敵がいた。ハルカはそれに立ち向かい、結果として、恋人を亡くしたんだ」

「あのお墓の人」

カスミはうなずいた。

「それですっかり臆病になったハルカは、誰かと親しくなることも、一つ所にとどまることもできなくなった。私は風の便りに聞いたに過ぎないが、ハルカはどんな村にも半年以上は留まらない。親しい人ができそうになると、もっと早くに出て行ってしまうと」

「でも、カガミノにはもう四年います」

「そのことは、私も驚いている。まして、弟子を取るなどとは考えられない」

ツキンと、まゆの胸は痛んだ。仙道は何かの気まぐれでまゆを弟子にしてしまい、今はそのことを悔やんでいるのかもしれない。

「銀蜂」

うつむきそうになったまゆは、カスミの声に、はっと顔をあげた。

「銀蜂？」

「聞いたことはないか？」

「ええと、何度か」

まゆは村で育ったわけではないから、村の子どもなら誰でも耳にする土地の伝承や昔話を聞いたことはほとんどない。ただ子どもたちとの会話の中や、彼らが口ずさむ歌の中で、その名を聞いたことはある。

銀蜂は、悪しきものの象徴だ。魔物や悪魔のたぐいで、たぶん養蜂家の村だから、蜜蜂たちの天敵であるスズメバチあたりがモデルになっているのだろう。大人の親指ほどの大きさがあって、体は銀色と黒の縞模様、鋭い針を持ち、性格は凶暴。

厄災をもたらすと言われている伝説上の生き物だ。夏至の祭りには、村に伝わる伝承に従って、銀蜂を打ち払う舞が奉納される。

「銀蜂の伝説は、国中にある。いや、洋の東西を問わず、世界中に」

「そうなんですか」

カガミノだけの伝承なのだと思っていた。

カスミは書棚に目を走らせ、一冊の本を引き抜いた。濃紺のクロスがはられた小型の本だ。手渡された本の表紙には金色で標題が打ち出してあった。

『天の雫～蜜蜂たちの物語～』

カスミは無言で、その本をまゆの前に置いた。

「あの、これ……」

まゆが顔をあげた時には、カスミは既にステッキの音を響かせながら図書室から出て行こうとしているところで、振り返る気配はなかった。


ページをめくってみると、それは、蜂蜜や蜜蜂にまつわる各地の伝承を集めた本だった。発行されたのは六十年ほど昔で、著者名はアリシア・マクブライドとあるが、本の名も書き手も、まゆが耳にしたことはない。

カスミの蜂蜜の謎を解く手がかりになればと、まゆは多くの伝説にあたっていた。世界には、まゆが思っていなかったほど沢山の、蜂蜜に関する昔話があった。

蜂蜜の研究家や民俗学の著名な学者およびその著書は、ほとんど押さえたと思っていたのに、アリシア・マクブライドは、まるで聞いたことのない名前だ。ずいぶん昔の本だから無理のないことかもしれないけれど。

カスミがわざわざ手渡してくれたのだから、これは読むべき一冊なのだ。

まゆは姿勢を正して、最初からページをめくり始めた。

古今東西の蜂蜜に関する伝承が丁寧に分類されている。一章を割いてあるのが「銀蜂」にまつわる伝承だった。

文明発祥の地とされた大河のほとりに残る石碑には、蜜蜂たちが巣を守るため巨大な蜂と戦う姿が残されている。それまでの解釈ではスズメバチとされてきた巨大な蜂を、アリシアは銀蜂だと指摘していた。銀蜂は空想の産物ではなく、この世に実在するというのが彼女の主張だ。

銀蜂が登場する伝承として最も有名な物としてアリシアが取りあげている話は、不思議な花売りの話だった。

『昔むかし、地面はどこまでも平らで、太陽が東から西へ空を旅すると思われていた時代。

緑のマントに身をつつんだ不思議な花売りが、世界じゅうを旅していました。彼が通り過ぎた村で、町で、溢れ出す水のように、ひたひたと、大地を覆いつくす花が咲きました。それまで誰も見たことがないほど美しい花でした。

今では誰も知らないし、どんな植物事典にも載ってはいない、その花の名前を「幸せの花」と言いました。』

花売りは不思議な花の苗を村人に売りつける。またたく間に、村は美しい青い花で一杯になった。

だが花売りの正体は魔物だった。魔物の花は、人の心を苗床に咲くのだ。生きていく力を花に吸い取られた人間は、心を蝕《むしば》まれ、やがて銀蜂に姿を変えてしまう。

「これって……」

まゆは思わずページを繰る手を止めた。

カガミノを旅立つ前夜、トコネムリと仙道が言った病に侵された女の人の背に、まゆは鮮やかな幻の花を見た。

伝承では、一人の魔法使いと人の言葉を話す蜜蜂が、かのものの真の名を手に入れ、魔物を打ち払うのだが、アリシアは、その魔法使いとは利き蜜師のことだと書いていた。人の言葉を話す蜜蜂とは守り蜂のことであり、物語の中では魔物だとされている花売りの正体は銀蜂たちの王なのだと。

まゆは、物語に添えられた挿絵をそっと指先でなぞった。ずいぶんと昔の印刷技術だが、古い銅版画を思わせる技法で描かれた銀蜂の姿は、鮮やかなイメージでまゆの心に焼きついた。今にも動き出しそうな、不気味な蜂だ。

その時、ぱあっと視界が明るくなって、まゆは飛び上がった。

「まゆ、明かりもつけないで」

図書室の入り口に立っているのは仙道だった。本に夢中になっているうちに、ずいぶんと時間がたっていたらしい。窓の外は薄暗く、一番星さえ空に浮かんでいた。

「手もとが暗くなっている。目に悪いと言ったでしょう。……その本は？」

近づいてきた仙道は、まゆが開いている本に目を留めた。

「カスミさんが、貸してくれたんです」

「そうですか」

そっと古びた本を取り上げた仙道の横顔を、まゆは見あげた。いつもと変わらぬ穏やかな表情をしているけれど、その瞳がわずかに曇っている。

銅版画に目を落とし、しばらく黙っていた彼は、やがて静かに本を閉じた。まゆは思い切って言った。

「銀蜂は伝説じゃないって、カスミさんが言いました」

「そうですね」

仙道は認めた。

「銀蜂は確かにいます。実際に遭遇し、なおかつ無事でいた者が少ないことで、記録に残ることがほとんどないのです。もうずいぶん長いこと、被害も報告されていないし、利き蜜師の中でも楽観派は、銀蜂の脅威は過去のものだと言いますが」

「お師匠は、そう思っていないんですね」

「ええ。銀蜂はいます」

長い話になると思ったのか、仙道はまゆの向かいの椅子を引いた。

「でも今、その力はとても弱い。なぜなら、彼らを支配する王が不在だからです」

「王？　ええと、銀黒王」

「ああ。その本にも書いてありましたね。そう、まるでセンスがない名前ですが、便宜上そう呼ぶのです」

真名を知る者は失われた。わずかに苦笑を浮かべて仙道は続けた。

「銀黒王と彼が支配する蜂たちの関係は、一見、女王蜂と働き蜂のようです。彼らは蜜蜂に変化して潜り込んでくるから、なおさらね。でも、その蜂たちは銀黒王の毒針に刺された人間の末路であって、そもそもの仲間ではありません。損得も情もなく、おそらくは恐怖で従っているのでもない。銀蜂たちは自我を持たず、ただ王の手足、道具なんですよ」

「銀黒王は、一人で生きてきたんですね。何千年も、淋しくなかったのかな」

まゆの言葉に、仙道はふいをつかれたようだった。

「……そういう風に考えたことはありませんでした。あなたには時々、驚かされますよ。まゆ」

「だって、何千年も一人ぽっちで生きてきたんでしょう。時の海を、ずっと一人で漂って」

「詩人ですね、まゆ」

仙道の口ぶりは、からかうものではなかった。鳶色の瞳はまゆを優しくみつめている。

「お師匠」

「その本に、花売りの話が載っているでしょう」

「はい」

まゆは手を伸ばしてアリシアの本を取り上げた。物語のページを開いて仙道に見せる。マントを着た花売りが村人たちに花の苗を売りつけている挿絵があった。

「あなたが、トコネムリの病にかかった女性に見たという花。あれこそ、銀蜂の存在を感じさせるものです」

「でも……」

まゆは口ごもった。

「あの女の人は、亡くなったんですよね。蜂に姿を変えるなんて」

どう考えてもそれはお伽噺《とぎばなし》にしか聞こえない。

「ええ。あの女性も、先に亡くなった男性も、銀蜂に姿を変えることはありませんでした。トコネムリの発症は何百と報告されているけれど、ただ眠り続けた挙句、命を落とす奇病という以外に変わった報告はありません。だから、銀蜂と病を結びつけて考える人はいません。ごく一部の利き蜜師を除いてはね」

仙道は確信しているのだ。ともに暮らすようになって二年と少しだ。それより前に、仙道がどこを旅し何を見てきたか、まゆは知らない。彼はもしかして、人が銀の蜂に姿を変えるところを見たことがあるのだろうか。

何年も前かもしれない、遠い国でのことかもしれない。

「お師匠は、銀蜂と闘ったことがあるんですか？」

まゆは問いかけたが、それは質問ではなかった。仙道が、じっとまゆを見る。

「カスミさんが話してくれたんです。ほんの少しだけ」

「彼は、なんと？」

「学園にいた時、恐ろしい敵に会ったたって。お師匠とカスミさんと、お友だちが闘ったけれど、お友だちは亡くなったたって。……海が見える丘にお墓がありました」

仙道が何か話してくれるのではないか。

まゆは、わずかな期待と共に、仙道の言葉を待った。だが彼は静かに答えただけだった
「そうですか」

仙道は、手にしていた本をまゆに返した。

「あまり遅くならないうちに、お休みなさい」

いつもと変わらない優しい口ぶりでそう言って、仙道は背を向けた。パタンと心の扉を閉められたような気がした。


ほうっと大きなため息をついて、まゆは椅子の背もたれに体を預けた。両手を伸ばして思い切り背をそらしてみると、パキパキと体のあちこちで音がするようだった。長いこと同じ姿勢で本を読みふけっていたせいだ。図書室から借り出してきた本は、どれも興味深くて時間を忘れるほど夢中に読んでしまうけれど、カスミの減らない蜂蜜を解明する手がかりは見つからない。結局、カスミが読むようにと言ったアリシア・マクブライドの本にも、手がか

りになるような記述はなかった。

まゆは応接室に陣取っていた。朝からずっと壺の見張りをしているのだ。カスミは蜂蜜の壺を金庫から出してまゆが触ることは許したが、この部屋から持ち出すことは駄目だと言う。だから、まゆは図書室から本を運びこみ、ここで謎の解明に取り組んでいるのだ。

汲んでも汲んでも尽きない蜂蜜なんて、あるわけがない。最初は、誰かがこっそり中味を足しているのだと、まゆは思った。でもカスミが言うとおり、屋敷には彼と家政婦のポーラ、執事、二人のメイドの他に人はいない。そもそも、外から持ち込まれた蜂蜜を混ぜ込めば、まゆにはわかるはずだ。色も香りも、誤魔化せるはずがない。

「不思議な蜂蜜」

まゆはつぶやいた。ただ減ることがないというだけではない。まゆはこの蜂蜜の中に過去を見ることができなかった。こんなことは初めてだった。何かの力が働いているのは確かだ。まゆよりも明らかに強い力だ。

ふうっとため息をついたまゆは積み上げた本の一冊を手にした。抱えられるだけの本を持って来て蒸気機関車のような勢いで読んでいるうちに顔をのぞかせたその本は、他の本に比べやや薄く、紙質も落ちる。

「これ、教科書なんだ」

まゆがそのことに気づいたのは、本の扉に鮮やかな筆記体でカスミの名が記され、学年とクラス名らしい記号が記されていたからだ。彼が通っていたというサフィール学園の教科書なのだろう。

「あれ、でも変だな」

教科書をパラパラめくりながら、まゆはつぶやいた。教科書はだいぶくたびれている。鉛筆で沢山書き込みがされているが、それも薄れかけている。紙も全体に黄ばんでいるようだ。少なくとも三十年、四十年といった年月を経たような教科書。カスミが仙道と同級生というのは嘘なのだろうか。なぜ、そんな嘘をつく必要があるのだろう。

考え込んだとき、コツコツと床をステッキが叩く音がして、まゆは顔をあげた。

「あ、カスミさん」

「何をしている。昼はとうに過ぎているぞ」

「ごめんなさい！」

今日はポーラの休日だから昼の準備は仙道とまゆがすると昨日の夜、そう話していたのだ。

「わしらはもう食べた」

ぶっきらぼうに言うカスミは、右手にサンドイッチの乗ったお皿を持っていた。脇には器用に小さな水筒を挟んでいる。まゆは慌てて水筒と皿を受け取った。

「お師匠は、どこに？」

「珍しく、今日は図書室に籠っている。守り蜂と一緒に何やら探しているようだが」

「お師匠が図書室で探し物？」

いったい今さら仙道が図書室で何を調べるというのだろう。あの図書室は確かに、まゆの目を見張らせ、片端から読み進めたいと思う宝の山だが、仙道にとって目新しい本があるとは思えなかった。

「さあな。何を探しているか聞いたが、誤魔化された」

カスミは棚からガラス細工の美しいグラスを取り出してテーブルに置いた。それに水筒の中味を入れて飲めということらしい。触れることも怖いくらい美しいグラスは、きっと目の回るほど高価なものなのだろう。まゆはできるだけそのことは考えないようにして、水筒の蓋をあけた。ふわりと立ちのぼる湯気に、にっこり笑う。

「二年物のレンゲの蜂蜜。少しだけレモンを混ぜてありますね」

カスミは、ほうと唸った。

「確かに良い鼻を持っているようだな」

「いただきます」

まゆはサンドイッチを手にした。ハムと卵のサンドイッチだ。耳の落とし方が不ぞろいなところをみると、仙道の手作りのようだった。カスミは自分のためにはコーヒーを入れ始めた。こんなに立派な養蜂場を経営しているのに、彼はあまり蜂蜜を口にしない。カップを手にカスミはまゆの向かいの椅子に座った。

少し緊張しながらも、まゆはサンドイッチをもぐもぐと食べた。カスミはコーヒーをすすりながらしばらくまゆの様子を見ていたが、ふいに聞いた。

「どうだ、謎は解けそうか？」

「ぜんぜん、駄目なんです」

まゆは小さな声で言った。

「お師匠が言うような力、私にはないんです」

「わしには、お前の才能などわからんが、ハルカは、いい加減な気持ちで弟子を取るようなやつじゃない」

「はい」

「修業は厳しいか？　あいつのことだ、小難しいことばかり言うんだろう」

まゆは首をふった。仙道の教え方は優しく丁寧だ。まゆがちゃんとできなくても、怒ることはない。ただできるまで自分で考えてごらんなさいと言うだけだ。

「お師匠はいつも言うんです。『目を閉じれば、世界が見えてくる』って」

それが仙道の教えだった。利き蜜は化学じゃない。成分を分析しても、それだけではつかめないものがある。真に優れた利き蜜師は、蜂蜜の中に閉じ込められた情景を心の目で見ることができるのだと。

目を閉じれば、心から世界が見えてくる。

一番はじめの、簡単でとても大切な教えに立ち戻ってみると、まゆの肩からすっと力が抜けた。とても空気の良い場所で、深呼吸したような気持ちだ。

まゆは蜂蜜の壷に向き直った。蓋を開けのぞきこむと、太陽の光を吸い込んで内から輝きを放つような蜂蜜だ。

この蜂蜜は、いったい何を閉じ込めているのだろう。何を語りたがっているのだろう。

じっと見つめていると、ふいに蜂蜜の表面にさざなみが生まれた。

「え……」

壷に触れてもいないのに。光の加減かと顔をあげてみたまゆは、そこに張り詰めたカスミの顔を見た。

「カスミさん？」

「静かに」

押し殺した鋭い声でカスミが命じる。彼の目は、まゆと同じように揺れる蜂蜜の表面に向けられ、それから開け放たれた窓の外に向かった。

強い風が飛び込んできたのは、その瞬間だ。不吉な、低い羽音と共に、黒い煙にも似た風が部屋中を暴れた。羽音を頼りに、カスミがステッキを振り回した。その一振りで風が消えた。姿を現したのは、一匹の蜂だった。大人の親指ほどの大きさをしていて、その身は不吉な銀色に輝いている。銀細工のブローチのようだった。

「銀蜂？」

蜂はカスミの杖をかいくぐると、まっすぐまゆに向かってきた。立ちすくむまゆの目前まで近づいたところで、パチンと強い音がして、銀蜂は弾き飛ばされた。

「え？」

まゆの身代わりになったかのように、パラリと額を滑り落ちていったものは、レンゲの花冠だ。あの日以来、カスミは日に一度、花冠を作っては、まゆにくれた。仙道はそれを見て、必ず身につけているようにと言ったのだ。

カスミの作る花冠は、きっと、あなたを守ってくれる。

仙道の言葉のとおり、今、この花冠が銀蜂の攻撃から、まゆを守ってくれたのだ。でも一撃を身代わりのように受け止め、冠は壊れてしまった。

銀蜂はいきりたち、ますます獰猛な唸りをあげた。カスミがなんとかまゆを守ろうとステッキを振り回すが、銀蜂はあざ笑うように身をかわしては、攻撃をしかけてきた。

「ハルカを呼べ！　部屋から出るんだ」

カスミが叫ぶ。うなずいて扉に向かおうとしたまゆは、テーブルに置いたままの蜂蜜の壺に目を奪われた。蜜の表面はさらに波打っていた。ポコポコと泡に似たものが盛りあがり、弾ける。中から飛び出してきたものは、小さな一匹の蜂だった。

「……陽花《ようか》？」

カスミが声をあげる。

蜂蜜から生まれたばかりの蜂は、フルフルと羽ばたいて、まゆの目の高さまで飛びあがった。ただの蜜蜂ではない。黄金の蜂だ。利き蜜師の相棒として選ばれた蜂が、なぜここに？

「守り蜂？」

一瞬、危険な銀蜂の存在を忘れるほど、その姿は美しかった。凛とした声が、まゆの頭の中に直接、響いた。

(扉を開けなさい)

ぐらりと眩暈《めまい》がして、まゆはテーブルに手をついた。声は再度、響いた。

(過去への扉を開けて。あなたには、その力がある)

まゆは、小さな金色の蜂を見た。金の守り蜂は、まゆを導くように壺の真上で踊り続けた。

まゆがわけもわからず見つめ続ける間に、ゆらゆらと盛り上がった蜜が、ついに、たぷんと壷の縁から溢れ出した。

後は雪崩《なだれ》のように、一瞬だった。小さな壷から蜂蜜があふれ出す。黄金の輝きはみるみるテーブルに広がり、床へとこぼれ落ちた。まゆの足もとにせまり、あっという間にくるぶしまでやって来る。それは蜂蜜そのものではなかった。粘度はなくサラサラとあたたかな湯のように押し寄せてくる。

逃げることを思いついた時にはもう遅かった。堰《せき》を切った水のように勢いを得た金色の水が、まゆの小さな体をさらった。慌ててカスミが手を伸ばすが流れの勢いを止めることはできない。二人の体をいっしょくたに飲み込んで、金の水はどんどんかさを増していった。

部屋の半分ほどを埋めつくし窓から外へあふれ出んばかりになったところで、ふいに動きは止まった。わずかな間をおいて、今度はぐんぐんと水かさが減っていく。風呂の栓を抜いたときのように金色の水はどんどん吸い込まれていく。蜂蜜の壷に向かって。

まるで映画のフィルムを巻き戻すかのように、さっき溢れ出した蜜は壷に吸い込まれていった。床からテーブルの上へ、そして壷の中に。

やがて蜂蜜は全て白い壷に吸い込まれた。しばらくポコポコと揺れていた蜂蜜の表面は、いくらもたたないうちに静まり返った。まるで何ごとも起こらなかったように。蜜のひとしずくも壷の外にこぼれてはいない。午後の応接室に静寂が戻る。カスミとまゆの姿を飲み込んだ壷だけが、ひっそりとテーブルに置かれている。


「全く、この埃！　何十年、掃除をしていないんでしょうね」

仙道は埃だらけの本を棚に戻し、彼にしては珍しく悪態をついた。

「いや、掃除はしているんじゃないか。手が届く範囲は」

月花が舞い落ちる埃を避けながら答えた。

あきれるほど沢山の本があるカスミの図書室は、天井まで書棚が続いている。普通に手を伸ばして届く辺りまでは掃除も行き届いているし、本もキチンと整理されている。ただ天井に近づくにつれ、何やらわからない資料が、グチャグチャと突っ込んであって、手を出したら収拾がつかなくなりそうなのだ。梯子《はしご》に登ってまで、その混沌とした資料を整理し、掃除しようという者が屋敷にいなくても無理はない。

「なんて、もったいない。この資料を公開すれば、どれだけ世のためになるか」

「ああ、そうするみたいだぜ」

「え？」

「カスミは、自分が死んだらこの屋敷をそのまま町に寄贈するんだと。蜂蜜の博物館として。この部屋も本も、もちろんそっくり」

「彼がそんなことを？」

「こないだ、まゆと、そんな話をしていた」

「そうですか」

再会してからこちら、カスミは仙道には突っかかるばかりだが、まゆを相手にする時は違うらしい。二人で楽しそうにしゃべっているところを見かけるし、魔除けの花冠を編んでくれている。まゆの人柄もあるのだろうが、幼い者に自然な優しさを示すことは、カスミの本来の資質だ。それが損なわれていないことが、仙道は嬉しかった。

「そう言えばさ、ここの花場すっかり変わっていて驚いたな」

「以前は、クローバーでしたからね」

彼の祖母が切り盛りしていた頃の養蜂場は、クローバーの花が丘を埋めつくしていた。カスミの祖母が亡くなって働き手たちも出て行った時、養蜂場は一度閉鎖されているのだ。蜂たちは去り、花場は荒れた。

後に、この地に戻ったカスミは隣接する土地を買い入れると、広大な敷地に研究棟や工場を建て、祖母とは全く違う手法で養蜂場の運営に乗り出した。そして彼は、かつて野に降る雪を思わせた白い花々で一杯だった大地を、紅紫の花が風に揺れるレンゲ畑に変えた。

「レンゲの花言葉を知っていますか？」

「もちろん」

月花は一度言葉を切った。

「『私の苦しみをやわらげる』だろ」

「ええ」

それは作られたものであって、言霊《ことだま》というほどの力は持たない。でも、わずかな励ましに、なぐさめになれば良い。幾千の夜を孤独に過ごしてきたカスミを思い、仙道は目を伏せた。

「しかし、見つからないな」

しんみりした空気を入れ替えようと、月花がことさら大きな声で言った。

「捨てられちゃったんじゃないか？」

「それはないと思いますが」

「本人に聞いてみりゃいいのに。私の研究ノートを知らないかって、素直にさ」

月花の言葉に、仙道は気まずく目をそらせた。守り蜂の言うことがもっともだとわかっていても、自分に対するカスミの態度を見ると、ためらうものがある。

仙道が探している物は、学生時代のノートだ。カスミに預けた形になっている。必要なのはノート全部ではなく、中の一ページなのだが、それを探し出すことがカスミの元を訪れた理由の一つだ。

「意地を張っている場合じゃないだろうに」

「別に、意地など張っていませんが……」

ふいに仙道は顔をあげた。胸騒ぎがする。ひどく嫌な感じだ。彼が梯子から飛び降りると同時に、月花もテーブルから飛び立った。

「仙道！」

低く鋭い声で、蜂が警告を発する。

「結界が破られた」

仙道は手にしたままだった本をテーブルに放り出すと、図書室を飛び出した。先導する守り蜂を追い抜いて走る。詳しい話を聞くまでもなく、行くべき場所はわかっているのだ。

仙道はまっすぐに応接室に向かった。ノックもせずに扉を開け放つ。そこに礼儀に口うるさいカスミがいて怒鳴りつけてくれればという願いは空しく消えた。応接室に人の気配はない。

白いカーテンを揺らした風が、テーブルの上に開かれた本のページをいたずらにめくる。たった今まで、そこにいた少女がめくったかのようにパラパラとページが音をたてる。

穏やかな午後だった。

だが仙道の表情は硬い。絨毯の上に散らばったレンゲの花。まゆの髪を飾っていた花冠だったものだ。

そして銀の鎖が切れたペンダント。トップにグリーンアンバーが輝くそれは、カスミの物だ。

仙道はテーブルに歩み寄った。そこに置かれた蜂蜜の壷は、蓋が開けられたままだ。仙道は壷をのぞきこんだ。午後の光を受けて金色に輝く蜂蜜の表面は、何ごともなかったかのように静かだ。だがその奥にチラチラと揺れる影がある。二つの人影だ。

仙道の唇から低い声が漏れた。

「まゆ……カスミ」

四章　金の守り蜂

それは、あたたかくて、力強い波だった。渦巻く大きな流れは、まゆの体を足もとから掬《すく》い、押し包み、引きずって行く。

くるくると翻弄されそうになった時、まゆの体を抱き寄せる腕があった。カスミが全身でまゆを守るように、小さな体を胸の中に抱きこんでいる。大丈夫かと目で問いかけられ、まゆはしっかりとうなずいた。

そこは不思議な空間だった。壺からあふれ出てきた蜂蜜が自分たちを取り込んだのはわかっているが、今まゆたちは蜂蜜漬けになっているわけではない。

ここは現実の世界ではなく、科学で説明できない何かが起こっているのだ。

どこに行くのか、何をすればいいのか、危険はないのか……胸がどきどきして、まゆは息が苦しくなってきた。落ち着くために、仙道の言葉を思い出す。

〈あなたの感じ方を信じて、忘れないでください、まゆ。これが、あたたかなものだという

ことを)

そう、この世界がカスミの蜂蜜の中だとするなら、怖いことは何もない。ここに、悪意はない。ただ、守りたいという意志があるだけだ。

少し気持ちが楽になって、まゆは、もう一度あたりを見回した。

ねっとりと肌に触れる感じや柔らかな抵抗感は水に似ているが、呼吸が苦しくなることはない。それでいて、言葉を交わすことはできないのだ。上下左右もはっきりとわからない金の光の中で、ゆっくりと落下しているようだった。

カスミの腕に手をかけようとして、まゆははっとした。皺深く痩せた老人の手がいつのまにか、はりがあって力強い青年のものに変わっていたからだ。慌てて顔をあげると、まゆを抱きしめているのは初めて見る青年だった。空色の目はいぶかしげに腕の中のまゆを見下ろしている。その顔すら見る見るうちに変わっていく。青年から少年へと。まゆは、はっきりと知った。彼の時は巻き戻されている。

(過去への扉を開けて)

あの美しい声の主が、まゆに告げたように。

ふっとつま先が何か硬いものに触れ、落下は止まった。深い深い水の底にたどり着いたかのようだ。今ではまゆより幼くなった少年のカスミが、そっとまゆの手をほどく。

照れくさいのか少しだけ怒ったような顔をしてまゆから離れたカスミは、きょろきょろとあたりを見回した。果てのないような空間を眺めてから、彼はふっと誘われたように頭上に目をやった。まゆもつられた。どこも同じ蜂蜜色と思っていたが、頭上にひときわ明るい場所がある。深いプールの底から水面を見上げた時のようだ。

カスミが、とんっと勢いをつけて飛び上がった。ゆらゆらと、その身はのぼっていく。まゆも後を追った。水の中を泳いでいるように、体が浮き上がっていく。軽くバタ足をしてみると少し勢いがついた。

水面にたどり着いたのはカスミとまゆはほとんど同時だった。突然、ザバンと、二人の頭は空気の中に飛び出したのだ。

野原の中にぽっかりと穴があいたような小さな泉だった。まゆが立てるほどの深さしかない。まゆはもう一度もぐってみようかと思ったが、傍らの少年がざばざばと音を立てて岸に向かうことに気づき、慌てて後を追った。

「ねえ……」

なんと呼びかければ良いのかわからず、まゆは言葉を飲み込んだ。カスミは足を止めなかった。それどころかまゆにチラリとも視線を向けない。

先に岸に上がったカスミは、首を振って犬のようにプルプルと髪から水を飛ばした。キラキラと金色の滴が飛び散る。

そこはクローバーの花咲く丘だった。風は五月だ。穏やかに晴れた昼下がり、空をのびやかに流れる雲が欠片を落としていったように、まだ花の季節には少しばかり早いのか、緑の絨毯にポツポツと白い花が咲いている。

丘のふもとにはピクニックに来ているらしい家族の姿があった。薄桃色のブランケットにバスケットが置かれ、それを若い男女が覗き込んでいる。バスケットからランチボックスを取り出していた若い女性が、ふと顔をあげたひょうしに丘にいるまゆたちを見た。笑顔がこぼれる。その唇が呼んだ名は風にさらわれて、まゆの耳には届かなかった。けれど傍らの少年は、はっきりと聞いたのだろう。

カスミは丘を駆け下りていく。やわらかな草に足をとられそうになりながらも、まっすぐに彼の名を呼んだ若い女性に向かって。差し伸ばされた両手の中に、飛び込んでいく。

まゆは声もなく、彼らの姿を見ていた。表情がはっきりとわかるほど近くにいるのに、あの三人はまゆを見てはいない。

「あれは、思い出の風景です」

羽音とともに、まゆの頭の中に麗しい女性を思わせる優しい声が響いてきた。ゆっくり振り返ると、蜂蜜の壷から現れたあの黄金の蜂が、まっすぐまゆを見ていた。

「あなたは、守り蜂なの？」

この蜂はカスミの守り蜂なのだろうか。だとすれば、カスミもまた利き蜜師であり金のマスターということになる。彼は、そんなこと一言も口にしなかった。ただ、仙道と同じ学園で学んだと言っただけだ。

「カスミはかつて金のマスターに任じられたことがあるのです。仙道と並ぶほどに才能に溢れた利き蜜師でした。けれど今のカスミには私の姿は見えないでしょう。彼は自ら、その地位を捨てました。彼にとって蜂蜜はただの商品であり……憎むべき物ですらあるのですから」

「どうして？」

「蜂蜜のために、大切な人を失ったから」

「え？」

「遠い昔の話ですけれど」

「どれくらい前のこと？」

「そう。六十年にはなるでしょうか」

「そんなはずない。だってカスミさんはお師匠と同級生だって」

カスミも仙道も、そう言った。だが、それがいつのことだったかは、どちらも言っていない。図書室で見つけた古い教科書を、まゆは思い出した。あれは確かに五十年、六十年という年月を経てきたように見えた。カスミもまた、ふさわしい時を過ごしてきたように見える。流れる時間と釣りあわないのは仙道だ。ひょうひょうとしていて、年齢を感じさせないまゆの師匠は三十歳前に見えるが、もっと若いようにも年老いているようにも見える。

「すぐに答は見えるでしょう。過去見の力を持った不思議な少女」

蜂はそう言った。

「ここは過去世です。蜂蜜に封印されたカスミの思い出の世界」

まゆは小さく息をはいて、丘の一家に目をやった。そこに幸福の情景がある。なんの翳りもない顔で笑う少年。彼を見守る両親が時おり互いに交わす甘い眼差し。彼らの会話は聞こえてこないが、何やら身振り手振りを交え一生懸命話しているカスミと、しっかり耳を傾け、受け止めようとしている両親は、まゆの目には羨ましいほどの「家族」に見えた。

あんな風に、安心して笑いあえる家族が欲しかった。カスミは何も怖がっていない。何にも縛られていない。

羨ましい。妬《ねた》ましくなるほどだ。これ以上、見ていたくない。

すっと、まゆの心に黒い風が吹いた。

あれはカスミの幸福で、決して、まゆのものにはならない。私のものにならないのなら、壊れてしまえばいい。

その瞬間、パリンと、薄い氷が割れるような音が響いた。幸せな一家の姿はその瞬間に時を止め、崩れ落ちたのだ。ジグソーパズルが壊れていくように。色あせ、ぼろぼろと、乾いたペンキが剥がれ落ちていくように、カスミだけを残して、両親の姿が消えていく。

「やめて！」

まゆは悲鳴をあげた。手を伸ばし必死に押しとどめようとしても、容赦なく金色の時が壊れていく。

「違う！　私は、そんなこと……」

願わなかった。そう続けようとして、言葉は凍りついた。嘘だと、まゆは知っている。カスミの幸福を妬み、壊れてしまえと願ったのは、事実なのだ。

呆然と見やるまゆの視線の先で、カスミは一人うずくまっていた。もうクローバーの花は咲いていない。風は冷たく乾いた冬のものだ。

まゆの目に涙が溢れたその時、守り蜂の声が響いた。

「過去に介入するような力は、あなたにありません」

落ち着き払った声に、まゆは、きっと守り蜂を睨みつけた。

「じゃあ、誰が？　どうして、こんなことするの？」

「あれは過去の情景と言ったでしょう。幸福も悲劇も既に起きてしまった出来事です。それに、私が守ってきたものは、あの悲しみではないのです」

ついと、蜂が体を向ける方へ、まゆも目をやった。

いつの間にか、そこには一人の女の人がいて、泣きつかれて眠る男の子に、毛布をかけた。隣に座って、そっと肩をなでながら歌を歌っているようだった。

「あの人は？」

「カスミのおばあさんです。カスミは、事故で両親を亡くした後、養蜂業を営む彼女のもとに引き取られたのです」

まゆは冷たい風の吹く中で、ぼんやりと二人を見つめていた。

「ここはカスミの過去世。だから、あなた一人なら、現実の世界に戻ることは可能です」

立ちつくすまゆの耳もとで蜂が囁いた。

「あの泉は扉です。普段は封じられている、世界を乗り越える扉」

「扉を開けたのは、あなた？」

「いいえ。私は呼びかけただけ。扉を開けたのは、あなたです」

銀蜂に襲われ、逃げ場を失ったあの時に、まゆの頭に響いてきた声、扉を開けろと告げたのは、この守り蜂なのだ。

「誰が扉を開けたかで、この世界が持つ意味が変わります。檻となるか、ひと時の避難所となるか、永遠の棺となるか」

謎めいたことをつぶやいて、守り蜂は身を翻した。ついて来いという意志を感じて、まゆが後を追うと、導かれたのは泉のほとりだった。

「覗いてごらんなさい、底に何が見えるか」

泉の様子はさっきとは違っていた。レモネード色をしていた泉の水は、もうほとんど透き通っていた。そっと手を差し入れてみると、さっきまで感じられたぬくもりや、ねっとりとした重さはなく、ひんやりとしてさらりとした清水だ。いくらもたたないうちに、水は完全に透き通り、泉は魔力を失うだろう。

「今すぐ泉に飛び込めば、あなたはたぶん、外の世界に戻ることができるでしょう。私が道案内を務めてもいい」

「一人で帰るわけにはいかないわ。カスミさんといっしょでないと」

「急がないと、戻れなくなると言っても？　永久の囚人になるかもしれませんよ」

「どういうこと？」

「銀蜂たちが好んで使う手です。人間の精神を蜜の世界に封じ込めてしまう。檻に囚われた心は、やがては蜜に同化されてしまうのです。現実に残された肉体は、心の後を追うように弱り、人は死に至る」

まゆの脳裏に、夜の底で命を落とした女の姿が現れた。

「トコネムリ？」

病に侵されたその人の瞳を思い出し、まゆはゾクリと身を震わせた。あの人もきっと、心を囚われた。そうして全ての感情を無くしてしまった。最後には花の苗となって、命を落としたのだ。

ここは美しい世界だけど、本来まゆがいるべき場所ではない。長く留まれば危険なことはわかっていた。

「でも、カスミさんを置いてはいけない」

「彼は戻らないでしょう」

守り蜂は言った。

「ここはカスミの過去世。今の彼に、あなたのことはおろか、この私の記憶すらないのです。カスミは今、両親を失ったばかりの八歳の子どもです。彼は、この世界でもう一度、人生をやり直すのですから」

「同じ人生を？」

「過去を変えることは、誰にもできません。でも、どこかで時を留めることはできるかもしれない」

まゆの指先にも満たない小さい蜂の言葉が、重く響いた。

「ここでは時が流れる速さは違います。そして過去見の力を持つあなたは、望むだけでここで起こる全てのものごとを見ることができるでしょう。けれど、カスミにもこの世界の誰にも、あなたの姿は見えず声も聞こえません。あなたも誰に触れることも、何かを変えることもできないのです。ただ、カスミの過去を見つめるだけです。留まることに意味があるとは思えません」

「一人では帰らない」

まゆは、かたくなに繰り返した。

「……では、好きになさい」

蜂はしばらく黙った後で言った。

「私の名は陽花。必要とあれば、名を呼びなさい。あなたはカスミの客人です。できる限りの力になりましょう」

それだけ言うと、蜂はまゆを残して舞い上がった。それをしばらく見送った後で、まゆは泉に向き直った。

もうほとんど透明になってしまった泉は、そのために底の方までよく見えた。つるつるした白い小石の間から、こんこんと清水が湧き出している。揺れる水面に映る影がある。カスミの屋敷の応接室だ。まゆたちが吸い込まれた蜂蜜の壷を取り巻くように顔を突き合わせているのは全部で三人。

「……お師匠、お母さん、お父さん」

声が届かぬことを承知で、まゆは彼らに呼びかけた。


「そんなこと、信じられませんわ。あの子が蜂蜜に飲み込まれたなんて、そんな馬鹿な話」

ほっそりとした身を菫色のドレスに包んだ若い女性は、レースで縁取られたハンカチを握りしめたまま首を振った。

「あなたがおっしゃるように、蜂蜜の中に何か見えるなんてことも、ありませんし」

「ご主人はいかがですか？」

仙道は傍らの男に聞いた。先ほどから神経質にステッキを打ち鳴らす彼はヴィルヘルム・アーベライン、まゆの父親だ。

「私にも見えん」

ヴィルヘルムが感情を抑えた声で答える。仙道は小さくうなずいた。彼には蜂蜜の壷の中に閉じ込められたまゆとカスミの姿がはっきりと見えていた。だが普通の人には見えなくても無理はない。まゆの両親である二人には普通の人よりも利き蜜の才能がある筈で、薄っすらとした影のような形では見えているかもしれないと思ったのだが、異常事態を信じたくないという気持ちの方が強いのだろう。

「だが、あなたがそう言うのなら、マユラとこの屋敷の主人が壷の中にいるというのは事実なのだろう」

ヴィルヘルムは淡々と言った。貧しい船員の息子に生まれながら今では国有数の貿易商に成り上がった彼は、その冷徹さと知力、胆力で有名だ。

まゆが、言っていたことを思い出す。

(お父さんは、私のことは要らないみたい。頭が良くて跡取りになる弟がいるから)

「そんな……」

端然とした夫の声に、アーベライン婦人アリエルは喘ぐように言った。彼女はとても若く、まゆの母親と言うよりも年の離れた姉に見えるほどだった。

「じゃあ、どうすれば助けてやれるんですか？　いったい、どうやって？」

仙道は夫婦にソファをすすめ、自分も向かいに座った。

「方法は幾つかあるのですが、慎重に検討をしています」

「この壷を割ってみるわけには？」

「それも考えています。危険なかけですが、時間がたちすぎるようでしたら、割るしかないでしょう」

「時間が何か？」

アリエルが震える声で言った。

「飲み込まれた者が蜂蜜に同化してしまうことがありえます」

「……そんなこと」

アリエルは、きっと仙道をにらみつけた。

「そんな危険があるなんて、おっしゃらなかったじゃないですか！　あの子を弟子として預かるという時、あなたはとりあえず三年は基本的なことを教えながら適性を見るとおっしゃったわ。普通の子どもが学ぶようなことはみんな教えるし、健康にも責任を持つからと。だから、私たちはあなたを信じて、あの子を預けたのに！」

「やめなさい」

仙道に掴みかかろうとするアリエルを止めたのはヴィルヘルムだった。

「いいえ、訴えるわ！　利き蜜師の資格を剥奪するよう申し立てます」

ヒステリックに叫ぶ妻に向かって、ヴィルヘルムは子どもに言い聞かせるように辛抱強い口調で言った。

「弟子になるというのは、マユラ自身の希望だった。私たちも許可を与えたんだ」

「でも……」

なおも何か言いたげな妻を視線で黙らせた後、ヴィルヘルムは仙道に向き直った。

「金のマスターがマユラを選んだということは、あの子には、そう生きずにいられない何かがあるのだろう。私が望んだ生き方ではないが、それは仕方がない。今度のことが、その道を行く上での避けられぬものであるのなら、あの子は乗り越えなくてはならない」

ヴィルヘルムの目は厳しく、口調が情に揺らぐことはなかった。

「むろん、あなたには師匠として弟子を守り導く責任がある。それを信じていいのだろうか？」

試すように自分を見る男から、仙道は目をそらさなかった。

「お嬢さんは必ず、こちらの世界に連れ戻します。傷一つつけずに。金のマスターと呼ばれる利き蜜師の名にかけてお約束しますよ」

アリエルはふらりと床に膝をつき、蜂蜜の壷を両手でさすった。

「マユラ、マユラ。無事にいてね、必ず助けてあげるからね」

しんとした応接室に、すすり泣きだけが響いた。ヴィルヘルムはぐいと妻の腕を引っぱった。

「ホテルに戻るぞ」

「あなた！」

「私たちがここにいても、できることはない。蜂蜜のことは利き蜜師にまかせるんだ」

ヴィルヘルムは最後にもう一度、仙道に目をやった。

「噂を、聞いたことがある。サフィール学園の忌まわしい事件の中で、蜂蜜に飲み込まれて命を落とした娘がいると」

仙道が答えずにいると、ヴィルヘルムは冷やかに吐き捨てるように言った。

「人の命で地位を買ったと、あなたも二度は言われたくあるまい」

夫婦が出て行くと、一人残された仙道はそっと白磁の壷に蓋をした。低い声で守り蜂を呼ぶ。アーベライン夫婦の訪問中、天井のシャンデリアに身を隠していたのだ。

「相変わらず、勝手な奴らだな。弟子に出す時なんて、いい厄介払いだって感じだったのに」

月花が鋭い口調で言った。

「あの人たちも変わったのだと思いますよ」

以前の二人なら、こんな遠い場所まで駆けつけてはこなかっただろう。せいぜい代理人を送り込んで様子を探らせるか、問答無用で仙道の資格剥奪を訴え出ているところだ。

「アーベライン婦人が、まゆの服を送って来たでしょう」

「ああ、やたら飾りが多くて堅苦しい奴な」

仙道は苦笑した。月花の言うとおりだが、それでもアリエルが送ってくる服は、まゆが最初に村にやって来た時の装いよりは、ずっとましになったのだ。心も体も傷ついて虚ろな目をした小さな子どもは、コルセットで締め上げられた上にリボンやレースで飾り立てたドレスを着せられて、満足に息をすることもできずにいたのだ。

「着丈も袖丈も、ぴったりだったんですよ」

仙道が折にふれて書き送っているとは言え、まゆの背がどれだけ伸びたのか体重はどれくらいなのか、アリエルはきちんと把握しているのだ。採寸したわけでもないのに、ほとんど手直しすることなく服はまゆに合った。似た背格好の子どもを使って幾度も仮縫いしたのかもしれない。

「母親というのは、凄いものですね」

これまで仙道は、まゆにとって両親と距離を置いた方が良いと思っていたが、その考えも改めるべき時かもしれない。まずは、まゆを取り戻してからの話だが。

ふうと息をついて気持ちを切り替えると、仙道は蜂蜜の壷を指差した。

「見張っていてくれ」

「どこへ？　仙道」

仙道は微かに目を伏せた。自分に言い聞かせるように彼はつぶやいた。

「アリシアに会ってくる」

五章　丘の上の学園

ここに来てから何日が過ぎたのか、まゆにはわからなかった。

日は昇り沈むが、それはカスミの過去世の中のことであり、まゆの目の前をサラサラと流れていく。ここで時間はスキップをし、ふと目を離した隙にカスミの上には半年もの年月が流れていることもある。

まゆは眠くなることもなく、お腹もすかない。唯一の手がかりは、泉の底に見え隠れする外の世界の様子だが、それも気まぐれで映ったり映らなかったりする。外の世界で三日ほどがたったというのが、まゆの感じた時間の経過だ。

仙道は心配しているだろう。仙道と両親のやりとりを、まゆはじっと見ていた。言葉が聞こえたわけではないが、その内容はなんとなく伝わってきた。母の取り乱し方は予想の通りだったが、父の反応は意外だった。まゆのことなど気にも留めないと思っていたし、もし少しでも案ずる気持ちがあったなら居丈高に仙道を責めると思っていたのだ。でも、どちらとも違った。まゆが知らない父の姿だった。

まゆは立ちあがって、丘を下りた。季節は夏だ。カスミの祖母が営む養蜂場では十数名が忙しく立ち働いている。その中にはカスミの姿もある。今の彼は十一歳かそこらだ。

両親を亡くしたばかりの頃は、乾いた目をした男の子は、伸ばされた手をふり払うばかりだった。でも少しずつ笑顔を見せるようになって、気が進まないそぶりながらも、蜜蜂たちの世話を手伝うようになっている。

まゆがカガミノでそうだったように、蜂たちの世話をする中で身についた、自然の中での規則正しい生活や、太陽の光、山をわたる風といったものが、カスミの体を健やかにした。悲しみは悲しみとして残るものの、少年の体も心も生きることを求めたのだ。

きらめくような青空を見上げていたカスミが言った。

「おばあちゃん、夕方から雨が降るよ」

「そんなことないでしょう。天気予報を確かめたし」

「だって、見たんだ。それと、明日の午前中、リンドのおじさんが来る」

「約束はなかったけれど？」

「リンドさんのとこの蜂がスズメバチにやられて、奥さんが取り乱して倒れちゃったんだ。おばあちゃんのミードが欲しいって」

陽花と名乗った蜂がまゆの耳に囁いた。

「あれがカスミの持っていた力です」

「未来見？」

「そう。最初は偶然でした。蜂蜜をなめて眠ると、カスミは決まって、鮮やかな夢を見ました。そして彼は、それが現実に起こることに気づいたんです」

まゆが見ることができるのは過去だが、カスミは不完全なものながら蜂蜜を通して未来を見るのだ。

「今のカスミは力を完全にコントロールできないし、その利用法も知りません。それでも、彼の力に目をつけるものはいたんです」

フロックコートに身を包んだ男たちがカスミの家を訪ねてきたのは、彼が十三歳の夏だった。

「特待生としてサフィール学園に君を迎えたい」

金の文字も鮮やかな名刺をテーブルに滑らせた男が言った。

「君は利き蜜師としての大変な才能がある。訓練することでその力をもっともっと伸ばすことも可能だろう」

「利き蜜師、ですか？」

「興味ないかな、利き蜜師なんかなりたくない？」

「そんな、とんでもない！」

興奮に頬を赤らめたカスミは力いっぱい答えた。利き蜜師は養蜂業に関わる者にとって憧れの職業だ。生まれながらに才能がなければ何十年と修業を積んでも利き蜜師にはなれない。カスミにはその才能があると、男は言うのだ。カスミは自分の未来見の力のことを思った。祖母の他に彼がその力を持つことを知る者は少ない。力を試してみたい。

「それは良かった。じゃあ支度をして」

「え？」

「荷物は後から送ってもらえばいい」

「えと……」

「待って下さい。何も今日すぐなんて。準備しなくてはならない物もあるし」

カスミの祖母が口を挟んだ。サフィール学園は海を渡った異国の地にある。かつて一人娘が恋に全てを賭け、渡っていった地だ。風の便りに幸せな結婚をしたことを知り、再び会う日を夢見ていた。だが、それは夢に終わった。夫と息子を伴っての初めての里帰りの途中で、娘は事故にあったのだ。

「学費の心配なら不要ですよ。お孫さんは特待生として迎えるのですから」

「そういうことではなくて」

「本来の入学は五月、仲間たちはもう三ヶ月も先に進んでいるんですよ。カスミくんも頑張って一日も早く追いつかなくてはね」

「はい！」

カスミがすっかりその気になっていることを見て、祖母は止めても無駄だと悟った。急《せ》き立てられるような短い時間で、思いつく限りに身支度を整えてやった。

「元気で。ちょくちょく様子を知らせてね」

祖母はカスミをぎゅっと抱きしめた。学園から来た男が微かに笑った。子どもに思われていると感じ、カスミは祖母の腕をぐいと押しのけた。


両親と海を渡った時は蒸気船で、飛行船に乗るのは初めてだった。飛行船の仕組みは国の重要機密とされているから一般人はおいそれと乗船できない。当たり前の顔をしてカスミを連れて飛行船に乗り込む男たちには、それだけの力があるのだ。

誇らしくてカスミは胸がドキドキした。その上、眼下を流れる景色が珍しくて、カスミは長い旅の間ほとんど口を開くことなく、黙って外を見ていた。

両親を失ったのはカスミが八歳の時だ。初めて会う祖母に引き取られ、それ以来、村を出たことはなかった。珍しいことではない。村人の移動手段は馬か荷車、天蓋のついた馬車など村長の家に一台あるきりだ。週に一度、町からやって来る行商の馬車が蜂蜜を運び去り、代わりに村の皆が注文した食料品や生活雑貨を置いていく。

一番近い駅まで、徒歩では三時間はかかるのだ。村の大半の者は、この地で生まれ、成長し、死んでいく。他の村に嫁いでいく娘、都会へ仕事を探しに行く若者もいないわけではないが、数えるほどだ。

カスミは、もっと広い世界を見てみたかった。祖母と暮らす穏やかな生活や、村が嫌いなわけではないが、一生をそこで終える気はなかった。

自分の力を試したい。村に帰るとしても、それは一人前の利き蜜師になった時だ。そしてカスミは、それに何十年もかけるつもりはさらさらなかった。誰よりも早く山を登り、望みを叶えるのだ。自分にはきっとその力がある。誰もが憧れるサフィール学園に特待生として迎えられるくらいなのだから。

カスミは沸き立つ気持ちを抑え切れなかった。自分を送り出す時に、祖母がチラリと見せた淋しそうな瞳を、心から追いやった。

自分は今ずいぶんと間抜けな顔をしているだろう。フロックコートの男に促されるまま、門から一歩を踏み込んだところで、カスミは思わず立ちすくんだ。大げさでなく、祖母の養蜂場を二つも三つも飲み込んでしまうほど、広大な敷地だ。

正面には村では見たこともない背の高い建物があり、左側にはそれよりは低いものの三階建ての石造りの建物がある。

「正面にあるのが校舎で、左側の建物が寄宿舎だ」

白く輝く校舎は、白大理石で作られているのだという。

「あれは何ですか？」

カスミは校舎の右側でキラキラと陽光を弾く不思議な物を指差した。とてつもなく大きなお椀を伏せたような形をしている。

「あれは温室だ」

「温室？」

カスミは祖母の小屋の裏手にあった小さな温室を思い浮かべた。五歩も歩けば端から端へたどり着いてしまう小さな温室だった。

「そう。常春の楽園だ。南方の花たちの研究もしているからね」

「はあ」

「さあ、来なさい。学園長の所だ」

そう言ってさっさと歩き出す男の後を、カスミは慌てて追った。驚くべきことに、彼の靴が踏みしめるものはそれまでの土の地面ではなく、整然と敷き詰められたレンガの道だ。年に一度か二度しか履くことのない革靴の踵がコツコツ固い音をたてる。

校舎に入ると、あまりの眩しさに目がくらむほどだった。建物は全て美しい白い石で作られていた。壁も床も天井も染みひとつなく、つるつるに光っている。村の教会よりも天井の高いホールを足早に抜けて、幅の広い階段を上り、たどり着いたのは樫の木で作られた立派な扉の前だった。

フロックコートの男が恭《うやうや》しくノックをすると、答える声があった。扉を開くと、広い窓を背に置かれた大きな机で書きものをしていた男が立ち上がる。小柄で髪の毛は真っ白な、かなりの高齢の男だが、動作は非常に身軽でキビキビしていた。机を回ってカスミの傍までやって来ると、彼はさっと手を差し出した。

「やあ、君がカスミ君だね。会えるのを楽しみにしていたよ。私が学園長のスコットだ」

声は若々しく、ぎゅっとカスミの手を握るその手も力強かった。

「はじめまして」

カスミが行儀良く挨拶すると、学園長はフロックコートの男にうなずいてみせた。それで意味が通じたのか、男は小さく頭を下げると背を向け、さっさと部屋を後にした。

「あ……」

ここまで世話になったのだからキチンと挨拶をするべきだと思ったのだが、男はカスミには何の興味もないようだった。フロックコートの裾が翻って扉の向こうに消え、ぱたりと扉が閉まった。

「サフィール学園は世界でも数えるほどしかない、蜂蜜の専門学校だ。中でも三年前にできた利き蜜師のコースは、世界でもここだけだ。君はその特待生として期待しているよ」

学園長はニコニコしながら言った。

「ここには、性別年齢を問わず、蜂蜜について学びたい者が集まってくる。専攻も多様で、最も基本的なものは養蜂業を体系だって学ぶコースだが、昆虫学として蜜蜂の生態を学ぶ者もいれば、蜂蜜と人類の歴史を学ぶ者もいる。芸術における蜂蜜を研究する者もいれば、ビジネスとしての養蜂のため、会計学を学ぶ者もいる。法律も経済も希望すればコースがある。まあ、蜂蜜に関連する総合大学といったところだ。だから学生の中には、他分野の博士号を持っている者もいれば、高齢で養蜂場を引退した者もいる。君は最年少の学生ということになるな」

「はい」

「君と同室になる若者は、とても優秀な学生だ。年は二十一歳だったかな。お兄さんにあたるから、なんでも聞くといい」

「はい」

カスミがうなずいた時、ノックの音がした。学園長が入室を促すと、入ってきたのは背の高い青年だった。彼はさっとカスミに握手の手を差し出した。

「僕は仙道遥。君のルームメイトだよ」

「よろしくお願いします」

「君が学校に慣れるまで、僕と友だちのアリシアが色々案内するように言われている」

ひょっこりと、仙道の後ろから顔をのぞかせたのは、彼より少し年下に見える女性だった。息を飲むほどきれいな蜂蜜色の髪をしているのに、いかにも邪魔だと言うように一つにきゅっとくくって、化粧っけもなく、くたびれた白衣を着ている。胸もとに珍しいグリーンアンバーのペンダントが光っていた。

「ようこそ、蜂蜜学園へ！」

アリシアは小さい弟に対するように、初対面のカスミをぎゅっと抱きしめた。彼女からは蜂蜜の香りがして、カスミはドキドキした。

「ね、君は『蜂蜜の歴史は人類の歴史』という言葉を知っている？」

「聞いたことは」

「蜜蜂と人類の付き合いは一万年も昔に遡ることができるのよ。だから色々な伝承もある。私はね、蜂蜜の歴史とか、そういう言い伝えを研究しているんだ」

楽しそうに話すアリシアの目はキラキラしていて、とても綺麗だとカスミは思った。


ギクシャクしたままのカスミを寮へと案内した仙道は、夕食まで荷物を整理して少し休めるようにと、彼を一人にして部屋を出た。あれこれ手伝ってくれたアリシアも一緒だ。

「あの子、危険な感じがする」

ぽつんとアリシアが言った。

「危険？」

「もの凄い力を感じる」

「それは利き蜜師として、ということ？」

「いえ。もちろんそれもあるんだけど、もっと大きな力。もし道を間違えることがあったら、世界を破滅させかねない」

仙道は微かに眉をひそめた。アリシアは利き蜜師の修業に興味は持っていないと言う。彼女が興味を抱いているのは人類と蜂蜜の関わりであって、その研究は主に民俗学の分野だ。

仙道が知る限り、アリシアは蜂蜜を通じて過去も未来も見ることはできない。だが彼女は時おり、理屈では説明できない何かを感じとるようだ。女のカンよと、アリシアは笑って言うが、仙道は彼女の言葉は心に留めることにしている。

今もそうだ。まして、仙道自身も同じように感じたとなれば。

あの少年には、何か凄まじいパワーがある。強い光にも似て、良きものも悪しきものも否応無しに引き寄せてしまうような。

「学園長は気づいたのかしら？」

「十三歳の子どもを特待生にするくらいだ。気づいていて、ここに招いたんだろう」

「あの子、小さな村の出身よね。そこで育てば、ただ少しだけ未来が見えるという大人になれるのに。蜜蜂を飼って平和に暮らせるのに。こんな所に連れてきて」

自らも学ぶ学園を批判するようなことを、アリシアは口にした。

「大きな力があることを知るのは、本当にあの子のためになるのかしら。遠い昔、月の魔力に惑わされ人の世を捨てたという魔術師にならなければ良いけれど」

「魔術師、か」

利き蜜師に必要とされる学問は多岐にわたるが、魔術も含まれる。今の世に錬金術師や魔術師が存在するとは誰も思ってはいないが、その概念を学ぶことに意義があるとされているからだ。歴史や古典文学を学ぶと同じく、教養として。

遥か昔、世界には太陽と月、それぞれを守護とする魔術師がいたという。陽光の下で人々と交わり地に足をつけて生きた陽の魔術師と、より深く魔術を極めんと闇の世界へ足を踏み入れた月の魔術師だ。

仙道は密かに学園の方針を危ぶんでいた。魔術の世界を学べば、その偉大なる力に魅了される者もいるだろう。ことに幼い心しか持たぬ者は、己の才能を伸ばすことに夢中になり、周囲が見えなくなるものだ。

十三歳というカスミの年齢は、いかにも危なく感じられた。

「だから私たちがいる」

仙道はアリシアをなだめるように言った。

「あの子が道を踏み外しそうになったら引き戻してやれるように」


ごく小さな、掠れた悲鳴を耳にして、仙道は読みさしの本から目を上げた。既に深夜を回り、部屋の明かりは落とされている。小さなランプは彼の手元を照らすだけで、部屋の大半は薄い闇の中だ。仙道はチラリと窓から空を見上げた。

「新月か」

目に見えぬほど細い月。光こそ少ないがあれは生まれ変わった月だ。これから満ちる力が不穏にざわめいている。

再び、今度はもう少しはっきりと声が聞こえた。仙道は静かに立ち上がり、続き部屋となっている寝室に足を踏み入れた。二つの寝台が並び、小さな声はその一つ、カスミの寝台から漏れ聞こえていた。

少年は毛布を自分自身にきつく巻きつけて、小さく丸まっている。やや汗ばむほどに蒸す夜なのに。

仙道はカスミの寝台の横に膝をつくと、その顔を覗き込んだ。少年の眠りは安らかではなかった。ぎゅっと苦悶と恐怖に歪み、唇からは縺《もつ》れた言葉が零れ落ちる。

もう幾度、こんな姿を見ただろう。上弦の月が空に昇る夜、カスミは決まってこんな風にうなされる。それは昼の光の中で見る少年の姿とあまりにかけ離れていた。

カスミが入学して三月《みつき》とたたないが、既に彼は学園一の有名人だ。

老若男女が入り混じる学生の中でも、やはりカスミの若さ、もとい幼さは群を抜いていた。蜂蜜を溶いたような淡い金髪と青い瞳、聖堂の天使像にも似た美しさを持ちながら、数年に一度という特待生だ。カスミは最初から、人々の注目を集めていた。

田舎の出身で、これまで満足に学校にも通っていなかったと聞くのに、カスミは最初の授業から周囲の度肝を抜いた。数学、文学、といった一般教養は、ほぼ平均的にそつなくこなし、選択科目ではいきなり首席に躍り出たのだ。

全ての授業で、これまで仙道が持っていた記録を塗り替えつつある。今のところ総合成績では仙道が上位につけているが、それもいつ抜かれるかわからない。

普通なら、嫉妬まじりで足を引っぱられたり、嫌がらせをされるところだが、そのあたりは仙道とアリシアがしっかり目を光らせている。

カスミ本人もまた、飾ることのない性格で、年相応の幼さを隠そうとしなかったから、学友たちはおおむね好意的だった。授業で彼の才能に打ち負かされ苦いものを飲まされても、いたずらが過ぎてお目玉をくらっている姿を見れば、苦笑に変わろうというものだ。

「彼は大器だ」

教授たちは囁きあう。

「歴史に名を刻む利き蜜師となるだろう」

溢れる才能を持った少年の前には、輝く未来が広がっている。

それなのに、月が輝きを増すにつれてカスミは悪夢にとらわれる。

「銀の蜂……」

噛みしめた唇が時折ほどけ、苦しげな声がこぼれる。仙道は少年の肩に手を置き、そっと揺さぶった。

「カスミ、カスミ、目を開けろ」

呼びかけが届いたのか、カスミは目を開けた。仙道の手をはねのけて寝台に身を起こす。少年の様子は、明らかに普通ではなかった。何かに怯えるように四方の闇に目を配る。

「あいつは？　あいつは、どこ？」

「あいつって？」

穏やかに仙道は聞いた。

「銀蜂だよ。決まっているだろ！」

鋭くカスミが叫び返す。つり上がった瞳、緊張で今にも心の糸が切れてしまいそうな危うい状態だ。仙道は少年の腕を掴んだ。

「カスミ、落ち着くんだ」

「何とかしなけりゃ、このままじゃ、みんな、あいつらに喰われてしまう！」

「何を見た？」

カスミの目を覗き込み、仙道は囁いた。

「花が、咲いてる。虹色の花」

熱に浮かされた声でカスミは続けた。

「人の背より大きくて……違う。そうじゃなくて、人が花に変わっていく」

「場所がわかるか？　今、君はどこにいるんだ？」

「わからない」

カスミは小さく首を振った。

「食堂とか、図書館とか、でもぜんぜん違う場所も見える。砂漠とか、滝のある山とか、海の側も……どこもかしこも！」

ふいに甲高い声でカスミが叫んだ。

「みんな、倒れて……その体から花が咲いていくんだ！　あの銀蜂が！」

「カスミ」

仙道はカスミの身を引き寄せると、その耳に彼の名を囁いた。左手でカスミの身をささえたまま、右手で彼が取り出したものは銀色のルーペだった。軽くルーペをふると、シャリンと澄んだ音がした。ふっと、張り詰めた空気が和らぐ。

「夢だよ」

「けど……」

「みんな、夢だ。忘れてしまうんだ」

不思議な抑揚がつけられた低い声はカスミのささくれだった心を、そっと抱きしめた。

「おやすみ。朝になったら、みんな忘れている」

仙道は眠りに落ちたカスミを寝台に横たえると、肩まで毛布を引き上げてやった。今はもう安らかな眠りを取り戻した少年の顔に彼が向けるまなざしは深い苦渋に満ちていた。

「さて、どうしたものか」

ひとりごちた時、ガサリと木々の葉が触れあう音がして、仙道は顔をあげた。三階にある部屋の窓のすぐ傍に楡《にれ》の木がある。その枝が風が揺らしたにしては、いささか激しく揺れていた。仙道が見守る中で、枝葉の間からひょっこり顔を出したのはアリシアだ。身ぶりで彼女が告げようとすることを読みとって、仙道は窓を開けると手を差し伸べた。

ほとんど仙道の腕に体重を感じさせず、アリシアは軽やかに枝から飛び移ってきた。真夜中と言っていい時刻も、訪問の仕方も全く淑女らしからぬが、彼女はあくまでも優雅だった。トレードマークとも言える白衣ははおっておらず、闇に目ただぬ黒の上下に身を包んでいる。

「寮長には何と？」

「図書館で勉強するって言ってきた」

図書館は深夜零時まで開館している。仙道は軽く吐息をつくと上着を手にした。

「寮まで送るよ。話は途中でしよう」

「あの子は？」

「大丈夫。朝まで起きない」

仙道は断言した。カスミは朝まで目を覚ますことはないし、目覚めた時には今夜の悪夢のことは何も覚えていない。アリシアはチラリと仙道の胸元で揺れる銀のルーペに目をやったが、口に出しては何も言わなかった。


人気《ひとけ》のない回廊を並んで歩きながら、仙道はカスミの見た悪夢について手短に語った。

「銀蜂の伝承ね。人の生気を吸い取って、その身に寄生する」

「あれは伝説だろう」

仙道はあえてそう言った。アリシアは鼻で笑った。

「今更、何を言っているんだか。私の博士論文のテーマは知っているでしょ」

「草稿をカスミに読ませたな。だから、あんな夢を見る」

「誤魔化さないで、ハルカ」

声はひそめてはいるもののピシリと、アリシアは言った。

「カスミの力は、未来見よね。ただの悪夢の筈がない。彼が見ているのは、未来だわ」

仙道は答えなかった。アリシアは畳み掛けるように続けた。

「何年先かはわからない。もしかしたら何百年も先の、私たちには関係ない時代のことかも。でも、闇が吹き荒れるのは、明日のことかもしれない」

「そうだな」

五年後か、十年後かわからないが、人類がやがては直面することになる絶望の世界を、カスミは今、感じ取っているのだ。そして一人で苦しんでいる。

仙道にできることは、ただ、少年の夢を忘れさせてやることだけだ。せめて昼間の世界で、彼が今までと同じように、明るくまっすぐ歩いていけるように。

いつか来る、その闇の日まで。


楡の木の枝に腰をかけて、まゆは仙道とアリシアのやりとりを聞いていた。

「カスミさんは、今も未来見の力を持っているの？」

「利き蜜師であることをやめても、その能力が消え去るわけではありません。仕事をたたんで、蜂蜜から完全に離れれば話は違ってくるでしょうが、それができない限り、カスミには未来見がついてまわります。彼が望まなくとも」

震える鈴のような声で陽花は続けた。

「未来が見える者は、生きるのが辛いでしょう」

まゆには、陽花が言いたいことがわかった。

だからカスミは、ここにいる方が幸福なのだと、彼女は言うのだ。祖母や、仙道、アリシア……彼を見守る者がいて、未だ輝く未来を信じていられるこの世界に。

まゆは、カスミの屋敷を思い出した。何十も部屋があるあの立派な屋敷に、彼はたった一人で暮らしている。一人だから孤独なのではない。もし彼が心から一人でいることを楽しみ、それが楽だと感じているなら、カスミは孤独ではない。でも彼は、そうではない。

カスミは淋しい老人だ。尽きぬ蜂蜜を持ちながら、彼はそれを誰かに分けあたえることができない。誰かの想いを受け止めることもできない。だから孤独なのだ。

十三歳の、学友たちに囲まれて明るく笑うあの少年を変えてしまったのは何なのか。

「想像してごらんなさい」

陽花が言った。

「これから先、進む道が暗く乾いた荒野へ続くと知ってなお、歩み続けることができるだろうかと」

まゆは陽花を見た。

「あなたはそうやって、未来は辛いばかりで、過去は優しいと言うけど、それって違うと思う」

「あなたは、人は賢明に、破滅の道を回避できると信じているのですか？」

まゆは答えなかった。

進む先は暗い荒野だという、守り蜂の言葉は真実かもしれない。争いは絶えることがないし、世界は汚染されている。カガミノやカスミの花場が豊かでいられるのは、そこに仙道やカスミがいるからだ。この広い世界で、そんなに恵まれた土地は、わずかなものだ。

臆病な人間は、攻撃こそが最大の防御だと思っている。今では暴力で命を落とす人がいない日などないことくらい、まゆだって知っている。殺人、喧嘩、強盗、虐待、支配する者と服従する者。

それが当たり前の毎日で、誰もがかかわりあいにならないように、自分や家族の安全を守ることだけに必死だった。道行く人の大半はナイフや銃を懐に隠し持っている。

まゆが両親と暮らしていた町は治安が良くて、テレビのニュースでは当たり前のように取り上げられるような暴力の影はほとんど見られない。よほど神経質で過保護な親以外は、子どもたちだけで夜に外出することを禁じることもないし、老人が銀行からお金を下ろす際ボディガードを雇う必要もない。

その代わり、日がな一日ぼんやり道に座っている若者が沢山いた。彼らは学ぶことも、働くこともしない。

「何をしたって無駄だからさ」

投げやりに笑う彼らは、たぶん遊ぶことすらしないのだろう。そして彼らの懐にあるものは銃やナイフではなく、薬だ。優しくて温かい夢を見続けさせてくれる薬、怖いことを遠ざけてくれる薬。

「私は……世界を滅ぼすのは、絶望だと思う」

まゆは言った。

「トコネムリで亡くなった人たちは、きっと、求めることを止めてしまったの。何も変わらない、希望なんかない、どうせ無理だって……心を空っぽにして、銀蜂を呼び込んでしまった」

たぶん、まゆもギリギリの所にいたのだ。銀のナイフで手首を切った時も、病院で目を覚ました時も、カガミノを訪れたあの日も、まゆの心は空っぽだった。ただその虚ろな場所に魔物が入り込む前に、仙道が温かな何かを注ぎ込んでくれたのだ。太陽の陽ざしに似た光を。

まゆは美しい金の蜂に目をやった。

「陽花は、太陽の花？」

「なんです？　急に」

「名前が似ているなって思ったの。カスミさんの守り蜂は太陽の花で、お師匠の守り蜂は月の花なんだ。双子みたいね」

「ええ、私と月花は同じ時に生まれたのです。双子と言うか、もっと沢山の兄弟がいましたけれど」

「やっぱり、そうなんだ」

「仙道とカスミは同時期に金のマスターに任じられましたから、私と月花がそれぞれに生涯の伴侶であるマスターを選んだのです」

「なんでなのかな？」

仙道の守り蜂の名が月花というだけでは気づかなかった。でもカスミの守り蜂の名が陽花と知って、ずっと不思議に思っていたのだ。それぞれに従うべき蜂は、反対ではないのかと。

「お師匠は月と言うより太陽だと思うし、カスミさんは月の印象がある」

月に翻弄されるような幼い姿を見ているから、より強くそう思う。カスミの守り蜂は、やわらかく笑ったようだった。

「さすがに金のマスターの弟子ですね、まゆ。あなたが二人に抱く印象は正しいと、私も思います。だからこそ私はカスミを、月花は仙道を選んだのですよ」

ふわりと陽花は、まゆの目の前に飛んできた。

「守り蜂は金のマスターを守るもの。強い力を持つものが一方に偏ることのないように、あえて反対の資質を持つ蜂が側にいるのです」

力を補うために、違った視点からものごとを見るために、時に諫めるために。

「それなら……銀黒王にもいるのかな」

「銀黒王に、何がです?」

「陽花にとってのカスミさんみたいな、月花にとってのお師匠みたいな相手が」

銀蜂は恐ろしい存在だ。病み、疲れ、乾いた心を抱える人を苗床に花を咲かせる魔物。蜜蜂は自然との共生を人間に教えてくれるけれど、銀蜂が教えたのは、自然との闘いだ。闘ってねじ伏せて、支配する。

アリシアが残した本で見た銀蜂の姿。紙の上でさえ禍々《まがまが》しく、圧倒的な力を放っていたあの蜂と、そう遠からぬ日に対峙することになるかもしれない。

それでもなお、まゆは思うのだ。

「一人ぼっちは、淋しいでしょう」

「あなたは本当に、面白いことを言うのですね」

守り蜂は笑い声をあげて羽を震わせた。太陽とも月とも違う、美しい金色の光が生まれたかのようだった。

「ええ。そんな相手が銀蜂の王にもいるかもしれません。決して会いたくはないものだけど」

六章　金色の蜜の糸

食堂の入り口にアリシアの姿を見つけて、カスミは手をあげて合図を送った。彼女のために隣の席に置いた鞄を移動させようとして、封を切らぬまま押し込んである手紙の存在を思い出す。祖母の養蜂場で働く男からの手紙だ。秋の終わりから、半月に一度の割合で届くようになった手紙の内容は、いつでも同じだ。

祖母の体がめっきり弱って、床につきがちだ。できれば村に戻ってきて欲しい。

サフィール学園に入学して四度目の冬が来るが、カスミは一度も祖母の家に帰ってはいなかった。二ヶ月にも及ぶ夏の休暇も寮に残り、極端に人口密度の低い学園を満喫した。図書館では学期中であれば奪い合いが起こるほど希少な本が読み放題だし、中庭の最高に居心地の良いベンチを一日占拠していても誰からも文句はでない。本を手に学園から足を延ばすこともあった。

ヴァーベナの木陰で本のページをめくり、お腹が減ればサンドイッチとリンゴで昼食を済ませ、眠くなれば昼寝をする。仙道やアリシアと数泊の旅行にでかけることもあった。

祖母の手紙には返事こそ出すようにしていたが、自分でも素っ気ないと思うほど短い文面になった。時々、申し訳ないという気持ちにもなったが、カスミがいなくても祖母は困ったり、寂しさを感じたりはしない筈だ。養蜂場で働く者たちと祖母は家族のようだったし、友人も多い。

祖母は小まめに手紙をくれるだけでなく、季節ごとに小包を送ってくる。衣服や焼き菓子、そしてもちろん蜂蜜も。でも毎日のように珍しい蜂蜜を口にしているカスミは、故郷から送られてくる蜂蜜に魅力を感じなかった。蓋も開けないまま、クラスの誰かと交換してしまうのだった。祖母の蜂蜜は評判が良くて、生徒だけでなく教師の中にもぜひ分けてくれと言う者がいる。

祖母を自慢に思うことはあっても、カスミ自身は幼い頃から口にしてきた蜂蜜を、それほど特別な物だとは思っていなかった。時代遅れの手作業で採取される蜂蜜は量産できず商業ベースに乗りにくい。

祖母をはじめ、養蜂場で働く者たちの高齢化は進み、今では一番若い者で五十の声を聞くはずだ。経営は厳しく、後継者はいない。このままでは、祖母の養蜂場に未来はない。まして、祖母が病がちでは。

チクリと胸が痛む。その痛みは、けれどカスミの足を故郷からますます遠ざけた。家に戻って、弱りきった祖母に縋《すが》りつかれたら振り切ることはできないだろう。

カスミは、ここでの生活を捨てたくはなかった。今では彼は、どの科目でもトップの成績を収めていた。カスミがライバルと見なすのは仙道くらいなものだが、本人はどこか飄々《ひょうひょう》としていて二番手に甘んじている。

カスミは、どうしても仙道に勝った気がしないのだ。


ランチプレートを手にしたアリシアはカスミの前にコーヒーを入れた紙コップしかないことを見てとった。

「カスミは、お昼もう終わったの？」

「うん。それより、アリシア。ハルカを見なかったか？」

声変わりを済ませ、背ももう少しでアリシアを追い抜こうという程なのに、カスミは相変わらず、どこか少年めいていた。

「今日は見てないな。今日も、と言うべきかしら。ここ二、三日、授業にも出てないみたいね」

「あいつ、なんだか最近つきあい悪いよな」

「今、あいつの研究が佳境に入っているからね」

「ハルカの研究？」

「そう、あいつは学生の身でありながら、生意気にも研究室まで持っているのよね」

「アリシアだって、本を出したじゃないか」

「あれは論文をまとめただけだもの」

「でも、すごく面白かった。銀蜂の章が、特に」

アリシアは一瞬だけ、さぐるような目でカスミを見たが、少年の表情に純粋な知的好奇心しか読み取ることはできなかった。

「まあ、ともかくハルカは、しばらく使い物にならないわ。あいつの研究ってね、蜂蜜の中に飛び込むと言うか、潜ると言うか……そういうものなの」

「えっ、体が蜂蜜まみれになるってこと？」

カスミは、大きなバスタブにたっぷり入れられた黄金の蜜と、そこに放り込まれる自分の姿を想像してしまい、顔をしかめた。

「違う、違う」

アリシアが苦笑をする。

「蜂蜜は媒体に過ぎなくて、ハルカがやろうとしているのは、扉を開けること」

「扉？」

「う～んとね、カスミは蜂蜜の中に未来を見るでしょう。それって、映像が見えるってことよね。過去を見る人も、離れた場所の情景を見る人もいる。ハルカが考えているのは、あなたたちが見ている世界そのものに入り込もうということなの」

「なんでそんなことする必要が？」

過去見は、あるいは遠見や未来見にしても、蜂蜜を通して映像を見ることができれば足りる。何も無理やりその世界に入り込むことはないのだ。

「見るだけじゃ足りないってことは、介入したいってこと？」

「あなた時々、ドキッとする真理をつくわね」

アリシアは苦笑いした。仙道の狙いはまさにそこにあるのだ。蜂蜜から情報を受け取るだけでなく、その世界に手を出し、影響を与えること。ある意味では禁断の、人の驕りであるかもしれないその術に、仙道がのめりこんでいるには理由がある。

「でも、そんなこと本当に可能なのかな」

「ハルカは理論的には可能だと言っているけど、どうかしらね」

「成功させれば、ハルカは利き蜜師に任じられる？」

「一飛びに、金のマスターになっちゃうかも。今だって、あいつは銀のルーペを持っているんだから」

使い手の能力を増幅し、また守護の力を持つ銀のルーペは、本来、利き蜜師として独り立ちした証《あかし》に、師匠もしくは養成機関から授けられる物だ。どんなひよっ子であろうとも、利き蜜師である以上は銀のルーペを持つし、どれほど優秀であろうとも、学生がそれを持つことはない。

暗黙ではあるが厳然としたルールを、仙道はさらりと無視しているし、教授たちは誰も咎めることはない。学生たちの間では様々な憶測が飛びかい、今では、仙道はさる高名な利き蜜師の隠し子であるという説が有力だ。

「で、ハルカが実験に協力してくれる学生を探しているって、噂だけ一人歩きして、もう大変」

「噂なのか？」

その話ならカスミも聞いた。協力者が必要なら、真っ先に自分に声をかけてくれない仙道に、臍《へそ》を曲げかけていたところだとは言えないが。

「そうよ。ハルカのことだもの、被験者が必要なら直接声をかけるでしょ。それこそ、カスミとか私に。あいつが何も言ってこないってことは、まだそこまで煮詰まっていないのよ」

「そうか。そうだよな」

アリシアはくすりと笑った。

「何？　隠しごとされて、すねちゃった？」

「違うって」

「気にすることないわよ。ハルカは八方美人のくせして、けっこう気難しいところもあるからね。わがまま放題ふるまうのは、カスミに気を許している証拠よ」

「わかってる」

アリシアはカスミの金髪に、そっと触れた。姉が弟の髪を梳《と》かしてやるかのような仕種だ。

「しばらく、好きにやらせてやってよ」

カスミは照れ隠しにコーヒーを啜った。

「前から聞こうと思ってたんだけど、アリシアのペンダント、珍しい色だよね。それも琥珀？」

利き蜜師を目指す者にとって、いや蜜蜂と共に生きることを望む者にとって、琥珀は特別な石だ。明るいレモン色から褐色まで、その色合いが蜜を思わせることから、伝説では太古の花蜜が化石化された物だとされている。

だから学園でもほとんどの学生が琥珀を持っているし、カスミも、お守りとして祖母から譲られた原石を磨いただけの物を持っている。

好まれるのはやはり、明るい蜂蜜色だ。アリシアのように、深海を思わせる暗い色の琥珀を持つ者は他にいない。そこに緑のグリッターが鮮やかに輝いている。

「これは、グリーンアンバー。琥珀の裏面が黒く加工してあるのよ。真横から見ると、わかる？　薄い黄緑色でしょう」

「本当だ」

アリシアはペンダントを外して、カスミに渡した。

「……海を漂うもの」

ふいにアリシアがつぶやいた。

「何？」

「琥珀の名前の由来は、古代アラビア語のアンバール。『海を漂うもの』っていう意味よ」

「へえ、そうなんだ」

カスミが礼を言って、アリシアにペンダントを返した時だった。わっと、食堂の一角で華やかな声があがった。

「凄いじゃん、クリス」

「熱烈アタックしてたもんな」

「うん。粘ったかいがあった。本当言うと無理かなって思ってたんだけど」

アリシアとカスミは見るともなしに、そちらへ目をやった。テーブルを囲む五、六人の男女。話題の中心になっている少年に見覚えがあった。

「あいつ」

「先月末の編入生でしょ」

「うん、歴史のクラスが一緒」

声が聞こえたわけでもないだろうが、クリスが顔をあげた。カスミと目が合うと誇らしげに言い放つ。

「聞いてよ、カスミ。仙道さんが、俺を被験者にしてくれるって」

「え……」

カスミは思わず小さな声をあげた。傍らでアリシアが息をのむ。彼らの間に流れた奇妙な緊張に気づいた風もなく、頬を紅潮させたクリスは高らかに宣言した。

「仙道さんから聞いてない？　あの人の研究に、学園長が許可を出したんだ。蜂蜜の世界にダイブするんだよ」

海の見える丘にある、その人が永遠に眠る場所は、ただ白い石が置かれただけのささやかな場所だった。墓碑銘もなく、もしも手向けられた花がなければ、そこが墓所だと気づかず通り過ぎる者も多いだろう。自らを飾ることを好まなかった彼女にふさわしい。

仙道は白い石の前に膝をついた。

「久しぶり、アリシア」

仙道とカスミのかけがえのない仲間だ。

「ずいぶん久しぶりに会ったのに、カスミは少しも変わっていないね」

不自由な足で、彼は毎日ここにやって来て、彼女に語りかけ、花を絶やすことはなかったのだろう。

「優しくて、才能に溢れる利き蜜師だ。私の弟子のために、魔除けの花冠を編んでくれたよ。毎日、毎日ね」

はるか昔、十三歳のカスミに出会った時、彼が身の内に秘める力に恐れすら抱いた。幼い彼が、その力を過信し、自らを制御できずに誤った道を選んでしまうのではないかと危惧し、ことさらに彼を守り、暗闇から遠ざけようとした。

でも、それは間違っていたのだと今の仙道にならわかる。

己の力を過信していたのは仙道だ。傲慢で、一人で戦えると思っていたのだ。

「覚えているかい？　金糸を使った私の術を」

仙道はポケットから小さなガラス瓶を取り出した。親指ほどの小さな瓶で中に、一匙《さじ》にも満たない蜂蜜が入っている。仙道は瓶の蓋をあけると薬指で蜂蜜をすくった。そのまま、空中に弧を描く。オーケストラを操り楽曲を奏でる指揮者のように。

滴る蜜は途切れることなく細い金の糸となって風に舞った。蜘蛛の糸にも似た細さと輝きを持った金糸は、仙道が操るとおりに何もない空間に複雑な文様を描き出した。

だが、吹き抜ける風に、金糸はあっさりと千切れた。

仙道は苦く笑った。

「ごらんの通り、すっかり錆びついてしまったよ」

以前の仙道なら、台風の中でさえ思うまま金糸を操ることができた。

蜂蜜から紡ぎ出した金糸を操ることは、仙道が長く取り組んでいた研究テーマだった。彼には過去見の力があったが、それは過去をはっきりとした映像で捉えるものではなかった。自分の感覚を周囲に上手く伝えることができず、ずいぶんもどかしい想いをしたが、仙道は蜂蜜から必要な情報を釣り上げるタイプだった。蜂蜜から紡ぎ出した金糸を釣り糸のように垂れていると、伝わってくるものがある。

やがて仙道の研究は、その糸を命綱にして異世界へと渡ることへと進んだ。

研究は成功したが、仙道の手に残ったものは、あまりにも残酷な結末だった。そして、仙道は自らの研究を封印したのだ。一度は焼き払おうと思った研究ノートは、カスミに預けた。いつか彼なり、彼が信頼した利き蜜師が、その技をより良い形で完成させてくれることを願って。

以来、何十年も、仙道はその技を使ったことはない。魔術師めいた技など使わずとも、金のマスターとしての地位は揺らぎはしない。誰も追いつくことのできない、経験と知識を仙道は持っている。

けれど今、カスミとまゆを奪われて、何ごともなかった日々には戻れない。

「アリシア」

仙道は、白い石に触れた。

「君が命をかけて封じた銀蜂の王は、いまだ完全に自由の身ではない。それなのに、東の地で悪しき風が吹いている」

トコネムリが再び人々を蝕み、銀色の蜂が人々を脅かす。

「もしかして、私たちは見落としていたのかもしれない。銀黒王を凌ぐ何ものかの存在を」

六十年の時を経て綻び始めた封印に揺さぶりをかけ、銀黒王を解き放とうとする何ものかがいるのだ。正体は見えず、本当に存在するのか確信が持てない。それでも今のままでは力が足りないのだ。

少なくとも、六十年前の自分を取り戻さなくてはならない。

陽の光を受ける白い石がその人であるかのように、仙道は静かに唇を寄せた。

「力を、勇気を貸してくれ」

過ちを繰り返さないために。カスミとまゆを、この世界に取り戻すために。

仙道は、鎖の切れたペンダントを掌にのせて、アリシアに語りかけた。

「これを必ず、彼に返すよ」


カスミは、温室のガラス窓をつたい落ちる雨粒をぼんやりと見やった。外気は零下になろうという冷え込みの厳しい日だが、温室の中は摂氏二十三度に保たれている。ガラスの屋根を打つみぞれ交じりの冷たい雨は、ふるふるとした水滴となって窓を滑り落ちていった。

雨は嫌いではなかった。少なくとも村にいた頃は。霧のように淡い春の雨も、凍える冬の鋭い雨も、その匂いも音も、肌にまといつく湿り気さえも、カスミは嫌いではなかった。

水は廻り、大地へ還っていく。

だが、石の都で雨音は、ひどく耳に障る。敷き詰められたレンガに跳ね返される雨粒、ガラス窓に爪を立て耐え切れず落下していく雨粒。

冷たい真冬の雨は、カスミを建物の中に閉じ込める。

カスミは小さく吐息をついて温室を見回した。

人工的なこの空間が、カスミはあまり好きではなかった。あえて足を運んだのは、仙道を捕まえるには、ここが一番と聞き込んだからだ。

蜂蜜を通じて異世界の扉を開ける。

最初の被験者であるクリスが蜂蜜の世界へ入り込んだのは時間にして数分に過ぎなかったし、彼の感想と言えば「金色の水の中に浮かんでいるみたいだった」という、はなはだ抽象的で頼りにならないものだった。恐らく、実験の結果は満足の行くものではなかったのだろう。仙道は以前にも増して研究室に籠るようになった。

今度こそ自分やアリシアに声をかけてくれるだろう。カスミが胸に押し隠す期待を知らない筈がないのに、仙道はことさらに彼を無視した。今では寮の部屋に戻ってくることはほとんどないし、授業で姿を見ることもない。

故郷の村を出て、何もわからないまま、期待と不安を胸にやってきた学園でカスミを迎えてくれたのは、仙道だ。いつの間にか、家族のように思っていた。ライバルで、友人で、頼りになる先輩で……仙道は、誰よりカスミの近くにいた。

それなのに今、ひどく遠い人になってしまった。

仙道はいつも穏やかで、カスミが首位を奪い取っても、時に挑発しても、ただ涼しげに笑うばかりだった。力をつけてきた弟が頼もしくてたまらないという様子が、少しばかりしゃくにさわり、でもカスミは自分の力は仙道とほぼ対等だと思っていたのだ。

でもそれは全部、カスミの考え違いだった。

今なら、仙道が全ての教科で二番手に甘んじていたわけがわかる。カスミは彼に勝ちを譲られていたのだ。仙道には、そんな意識すらなかっただろう。彼にとって学園生活はお遊びのレベルだったのだ。彼が学園に籍を置いているのは、ただの形式であって、その能力が教授をも凌いでいることは明らかだった。

時おり仙道を見かける時、彼の側には決まって教授たちの姿があった。学園長と二人きりの時もある。

カスミはぐっと拳を握り締めてベンチに近づいた。人の気配に気づき、仙道がノートから顔を上げる。少し、痩せた。顔色も悪い。

「やあ、カスミ」

それでも仙道は変わらぬ笑みを浮かべてみせた。隣に座るよう促されカスミは素直に従った。今では二人の背丈はほとんど変わらない。成長期を迎えたカスミは四肢の関節が悲鳴をあげる勢いで成長しているのだ。

どうやって話を切り出そうかとカスミが迷っていると、仙道が先回りするように言った。

「最近、寮に帰れなくて悪いな。ちょっと研究が立て込んでいて」

「そんなに面白いのか？　その研究。蜂蜜の世界に入り込むって」

「面白いよ。過去見や未来見や遠見、カスミのように特別な力を持った人間でなくとも、蜂蜜が秘める謎を知ることができるんだ」

ただの好奇心ではない。ただ蜂蜜の世界を垣間見ることを面白がっているわけではないのだ。

何故こんなにも焦っているのか。何かに追い立てられるように、研究に打ち込むのは何故なのか？

「子ども扱いするなよ。そんな誤魔化し通用しない」

「誤魔化す？　何を？」

「あんたがやろうとしていることは、ただの興味本位のお遊びじゃない。蜂蜜の世界に入り込んで、そこでしかできないことをする気なんだ」

カスミは鞄から取り出した本を仙道に突きつけた。アリシアが出版した本だ。教授たちは高く評価したし、カスミも夢中で読んだが、学園の外では売れ行きがかんばしくないと聞いた。これまでの常識を覆すようなアリシアの考え方はなかなか受け入れられず、中には全くの作り話だと否定する者もいた。

「銀蜂の章を読んだ」

カスミは手早くページをくった。

「人の体を苗床に花を咲かせる魔物の伝説。養分にされた人の魂が囚われる先が、蜜の檻だ。ただの伝説じゃないって、アリシアもあんたも思っているんだろう。あんたは、蜂蜜の世界に入り込めば、そこに囚われた人を助け出せるんじゃないかって考えているんだ」

仙道はカスミが押し付けた本を受け取りはした。だがページに目を落とそうとはしなかった。それに苛立ち、カスミは語気を強めた。

「何で黙っているんだよ！」

「大きな声を出すんじゃない。他の人に迷惑だろう」

「他の人？」

カスミは鼻で笑った。

「俺たちのこと気にしているやつなんていないさ」

皮肉げに言い、カスミは顎をしゃくってみせた。昼休みということもあって、温室にはちらほらと人の姿があった。だが、誰一人としてカスミたちに注意を払わなかった。離れて置かれたベンチに座る者、花の前にたたずむ者、窓の外の雨を見つめている者。

学生たちの表情はどこかうつろで、笑い声もおしゃべりの声も聞こえない。規律や恐怖に支配されているのではなく、ただ疲れ果て、何もかも投げ出してしまったような表情をしている。

「風邪でも流行っているのかな」

仙道が曖昧な口調で言った。

「トコネムリって、アリシアが本で書いていた」

「カスミ」

仙道が押さえ込むような強い調子で名を呼んだ。カスミは思わず身をすくませた。

「確かに今、学園に何かが起こっている。学園長をはじめ先生方は解決に向けて力を尽くしているし、僕やアリシアも協力をしている。だが、銀蜂はただの伝説だ。人の心に針を打ち込む銀色の蜂なんて物、本当に存在すると思っているのか？」

「でもアリシアは、存在するって。銀蜂に刺された人間は心を虚無に食われてしまう。エネルギーを体内に留めることができずに、心を病み痩せ衰え、やがては死んでしまう。絶望は伝染して……そうやって滅びた国は歴史の中で幾つもあるって」

「カスミ」

今度、名を呼んだ仙道の声は静かだった。

「巻き込みたくない」

「何を言って……」

「君はまだ利き蜜の世界に足を踏み入れたばかりだ。銀蜂に対抗するだけの力も知識も、心の強さも、持ってはいない」

「なんだよ、それ」

カスミの声が震えた。追い詰めるように、仙道は言った。

「君は、本当に希望を失った人間の目を、見たことがあるか？」

問いかけではない。仙道は、はじめからカスミの答を決めているのだ。返事を待つこともなく、仙道は言い放った。

「君は足手まといだ」

カスミは拳を握り締めた。震える拳を相手に叩きつけてやりたい衝動を必死で押さえこむ。そんなことをしても、仙道は涼しい顔を崩さないだろう。揺りかごの中で無駄に騒ぐ赤子を見るような目で、カスミを見るだけだ。

ぐっと捨て台詞を飲み込んで、カスミは仙道に背を向けた。

仙道はカスミが残して行った本の背をそっと撫ぜた。カサリと葉ずれの音がして緑の陰から現れたのはアリシアだ。

「あーあ、泣かせちゃって」

「カスミを巻き込むわけにはいかない」

仙道は憮然とした表情で言った。

「もう、巻き込まれているわ」

「アリシア」

「彼も罹患しているわ」

「……まさか」

「本当に気づいていなかったの？　ハルカ」

アリシアは怪しむように眉をあげた。

「それは……銀蜂の影響を受けやすい子だとは思っていた。でも少しも変わったようには見えない」

「カスミの力は、その辺の学生とは桁が違う。だから今はバランスを崩すほどではない。でももしも何か、彼の心を追い込むような事件があれば、一気に心を持っていかれるかもしれない」

アリシアの眼差しは真剣だった。カスミの変化に気づかなかった仙道が鈍いのではなく、気づいた彼女が鋭いのだ。いつも、カスミを見ているから、気づいたのだ。

「四年前、この学園に足を踏み入れた時、いえ、それ以前に、あの力に目をつけられてしまった時、彼はもう自由ではいられなくなった」

片田舎の小さな養蜂場で、ただ少しばかり目端が利く子どもと思われている方が、カスミにとっては幸福だっただろう。彼は祖母を助け、彼女から多くを学び、良き蜂蜜を生み出す蜂飼いになっただろう。華やかな都会の生活を知らずとも、利き蜜師の栄誉を受けることがなくとも、穏やかで幸福な生涯を送っただろう。

でも彼は運命に巻き込まれてしまった。

「カスミに全てを打ち明けて、力をあわせた方が良いと思う。このままでは私たち、孤立無援のままよ。最後には数で負けてしまう」

仙道は頑《かたく》なだった。

「子どもを闘いの場に引き出すことはできない」

「あの子、あなたが思っているほど子どもじゃないわ」

「アリシア」

「それとも、恐れているの？　カスミが彼らに心を奪われ、敵に回ることを」

「馬鹿な。そんなこと……」

「ある筈がない？　本当にそう言える？」

アリシアが重ねて問うと、仙道は言葉に詰まり、視線をそらせた。

「あなたは結局、信じていないわけね。カスミのことを」

アリシアは容赦なく続けた。

「力は認めているけれど、彼がその力をちゃんと使えるかどうかはあやしんでいる」

仙道はぎゅっとシャツの胸元を握り締めた。無意識の動作だ。

「何人もの仲間が、己の力に溺れ、道を誤った。銀の王には、人を虜《とりこ》にする力があるんだ。あの子に、あらがえるとは思えない」

「それがあなたの考えで、譲る気はないのね？」

「ああ」

互いに譲る気配のない沈黙の末、折れたのはアリシアだった。ふうっと小さな吐息をついて仙道から目をそらすと、短く告げる。

「わかった」

仙道があからさまに力を抜くと、アリシアはすかさず続けた。

「その代わり、今度こそ私を使って」

「何の話だ？」

「誤魔化さないで。あの人が持っている蜂蜜の壷が怪しいと思っているのでしょう。私が潜り込んで、調べてみる」

「アリシア、それは」

「明日は満月よ。良きものも悪しきものも、全ての幻想は力を増して世界の狭間《はざま》の扉は開きやすくなる。こんなチャンスはないでしょう」

「しかし……」

仙道はためらった。彼の術は完成していない。蜂蜜から紡ぎ出した金糸を結びつけた人を、異世界へ送り込み、その糸を使いこの世界へ引き戻す。成功例はあるが、それは条件が完璧に整えられた研究室でのことだ。

「お願い、ハルカ。私に行かせて。時間がないのよ」

そっと仙道の腕に手を置いて、アリシアが言った。なおも迷う仙道に、アリシアはふいにいたずらな笑いを浮かべた。

「あなたの正体、カスミに教えちゃおうかな」

「アリシア！」

とんでもない脅しをかけられて、仙道は声を上げた。その慌てぶりがよほどおかしかったのか、アリシアは心から楽しげに笑った。

七章　時を渡るもの

ピリピリと乾いた冷たい風が丘を吹き抜けた。千切れた枯れ草が、もつれ合いながら地面を転がっていく。雲は重く、昼を少し回ったばかりだというのに、世界は薄闇に沈んでいた。そんな真冬の厳しい寒さの中でも、カスミの祖母の家は、どっしりと構えていた。小さくとも頑丈で、歳月を経ようとも、そこに住む者たちに愛されてきた家が持つ魔法だ。

まゆは二階にある寝室に滑り込んだ。医師と看護師がいるが、どちらも、まゆに気づくことはない。二人がカスミの祖母を診察し難しい顔で出て行くまで、まゆは部屋の隅でじっとしていた。

静かにベッドに近づくと、カスミの祖母はゆっくりと目を開けた。

「まあ……」

小さな声に、驚いたのはまゆだ。カスミの守り蜂は、この世界の誰にもまゆの姿は見えないと言った。それなのに今、この人はまゆの姿を見ている。

「あなたは、蜜蜂の精なのかしら」

苦しそうな息の下から、それでもカスミの祖母の声は優しく響いた。

「幾度もあなたの姿を見たことがあるわ。最初はカスミが野原で泣きつかれて眠ってしまった時。あなたは、とても心配そうな顔で、あの子を見ていた。その後も、いつでもあの子を見守っていてくれたわね」

カスミの祖母は、ベッドから身を起こそうとした。まゆは慌ててその身を支えた。骨のあたる痩せた体が、はっきりとまゆの腕の中にあった。

「これを、あの子に届けてちょうだい」

カスミの祖母が枕もとのテーブルから手にした物は、白い小さな壷だった。カスミの応接室で見た壷だ。決して減ることのない不思議な蜂蜜。

「これは……」

「蜂蜜よ。うちの養蜂場で毎年一番出来の良かったものを、あの子に送ってきたの。でも今年はもう無理そうだから。これを」

「でも、カスミさんは……」

祖母が送る蜂蜜を、いつだってクラスの誰かと交換してしまうのだった。祖母の蜂蜜の品質を認めこそすれ、それが自分にとってどれほど特別な物かを知ろうとはしない。高みを見ることに必死で、足もとが見えなくなっているのだ。

けれど、カスミの祖母の目を見て、まゆは言葉を飲み込んだ。

カスミが口にすることのない蜂蜜。それでも、この人はかまわないと言うのだろう。答を求めることのない想いは、尽きることなく降りそそぐ太陽の光に似ている。

まゆはふいに仙道を思い出した。二年前、心細さに泣きじゃくるまゆを、仙道は抱きとめてくれた。あの時、人の優しさとあたたかさが、蜂蜜の甘さといっしょになって、まゆの全身にしみわたっていった。

今もずっと、仙道は同じあたたかさでまゆを見守ってくれている。まゆがちゃんとできなくても、間違っていても、ただ信じていてくれる。

同じほどにあたたかくて深い想いが、カスミを包み込んでいるのだ。自分は一人ぽっちだと思い込んでいる、淋しいあの人を。

「届けます」

まゆは言った。ジワリと熱いものがこみ上げ、視界がぼやけた。濡れる瞳で、まゆは必死でカスミの祖母の目を見つめた。

過去を動かすことはできない。この世界のなにものにも、まゆは触れることはできず、なにも動かすことはできないと、陽花は言った。でも、まゆはこの人に触れることができた。

語りあうことも。

想いは届く、時の壁を越えて。届けてみせる。

だからこその過去見だ。まゆの力は、時の原則の前では吹き消されてしまうほど小さいものだろう。でも何かはできるのだ。

まゆは、蜂蜜の壷ごと、カスミの祖母の手を握った。かさついた老女の手は、まゆの手よりもずっと細くて、軽く、骨ばかりが感じられた。

「必ず、届けます」

手から手へと小さな壷が渡される。その時まゆは、白磁の壷からぬくもりを感じた。あの日、遠い未来、カスミの屋敷ではじめてこの壷に触れたときと同じぬくもりだ。

「ありがとう」

かすれた笛のような小さな声をまゆに残して、カスミの祖母は目を閉じた。


壁の時計の針が、アリの歩みのように感じられて、カスミはあくびをかみ殺した。

教授の助手として参加している一年生の授業だ。科目は「未来見」。授業は、潜在的にその能力を持つ学生を見つけることを目的としたもので、新入生は全員、週に一度、ひたすら蜂蜜の壷を覗き込む授業への参加を義務づけられている。

助手であるカスミの仕事は、並んだ机の間を歩き回り、生徒たちにアドバイスを与え、彼らからの質問に答えることだ。未来見を得意とするカスミにはうってつけのアルバイトだった。一年生たちの、たわいない質問を受け付け、ありがちな失敗のフォローをし、新鮮な視点には刺激を受ける。

だが、ここ半年というもの、教室には活気がない。生徒も先生も半分眠っているようで、ダラダラと決められた手順どおりに授業をこなしていくだけだ。

この教室だけのことでなく、学園全体がどこか無気力で、空気は淀んでいる。流れることをやめた水が腐るように、空気は日々重く、息苦しさを増す。

この学園は病んでいる。

カスミが疑いなく強く感じていることを、仲間たちのほとんどは、まるで意識していないらしい。ごくわずか、悪しき変化を敏感に感じ取っている者は、カスミの問いかけに、口をつぐむのだ。仙道が、そうであったように。

温室で仙道に会ってから三日が過ぎていた。彼を問い詰め、はぐらかされて、カスミの苛立ちはつのる一方だった。常ならば、その苛立ちを宥《なだ》めてくれるアリシアも、珍しく姿を見ていない。

ふいに、あわただしいノックの音がして、教室のドアが開かれた。ぼんやりとしていたカスミは、厳しい視線を侵入者に向けた。未来見には何より集中力が必要とされる。怒鳴りつけようとして、相手が学園長であることに気づき、カスミは無理やり気持ちを静めた。

「何ごとですか？」

「君宛に電報だ」

「電報？」

人の手による電報ではない。利き蜜師たちによる守り蜂を介したネットワークだ。サフィール学園の教授には力のある利き蜜師も多く、電報が利用されることもありえないことではない。だが、よほど緊急の事態に限られる。

「いったい、何が？」

ぞくりと、体の奥から冷たいものが這い上がってきた。学園長の指先から飛んできた蜂は、カスミの耳元に囁いた。

彼の祖母が息を引き取ったと。

小さな蜂の声は、鋭くカスミの胸に突き刺さった。まるでそれが麻酔の針であったかのように、すうっとカスミの意識は遠のいた。

「ハルカ！　カスミは？」

医務室に飛び込んだアリシアは、張りつめたその場の空気に一瞬、立ちすくんだ。明るい窓辺に置かれた椅子に腰を下ろしたカスミの前に、膝をついていた仙道が振り返った。

「良くないんだ」

仙道の声は厳しい。彼の側まで行って、アリシアにもわかった。カスミは目を開いているが、何も見ていない。その表情は失われ、顔色は蝋のようだ。

「ハルカ、何とかしないと。連れて行かれるわ」

カスミが銀黒王に取り込まれたら、勝ち目はない。少年には世界の均衡を崩すほどの力があるのだ。今はまだ本人も気づかずにいるけれど、弱き心につけこまれ操られることでもあれば、世界は終わりだ。何よりも、カスミを失うことはできない。

「わかってる」

仙道は上着のポケットから小さな壷を取り出した。金の糸で封印が施してある。仙道は医務室のデスクからナイフを取り、その封印を切った。慎重な手つきで壷の蓋を開けると、ふわりと香気が広がった。何か特別な花の蜜であることが、アリシアにもわかった。

部屋に新鮮な風が吹いたように、心が洗われるようだ。

「これで、少しは時間がかせげる」

壷をカスミの座る窓辺に置いて、仙道は言った。

「カスミは、あいつの所でしょう。ハルカ、お願い私を使って」

「わかった」

ひたむきなアリシアの声に、仙道は迷いを振り捨てた。

アリシアは胸から自分のペンダントを外すと、カスミの前に腰を折った。ガラス玉のような、決して彼女を映そうとしない空色の瞳を見つめ、彼の首にペンダントをかけてやる。

「カスミ、このペンダントは、必ずあなたを守ってくれる。だから戻ってきて。世界は決して、醜いところじゃない」

最後に磁器のように冷たく滑らかな少年の額にキスをして、アリシアは立ち上がった。

「さあ、行きましょう。ハルカ」


「気がついたかい？」

ゆっくりと目を開いた時、カスミを覗き込んでいるのは、白衣をまとった校医だった。自分が医務室のベッドに寝かされていると気づいた瞬間、カスミは飛び起きた。体は軽く、頭は霧が晴れたようにすっきりしている。

カスミに力を与えてくれている物は、傍らに置かれた小さな蜂蜜の壷だ。そして彼を守るように首にかけられたグリーンアンバー。

「ハルカとアリシアは？」

噛み付かんばかりのカスミに、校医は口ごもりながら答える。

「さっきまで、いたんだが……」

「ちょっと、それ貸してください」

カスミは校医の言葉をさえぎって、蜂蜜の壷を取り上げた。とろりとした金の蜂蜜に意識を集中させる。

彼は普段、特定の誰かの未来を見ることはしない。無心になることができず、良い結果が得られないからだ。期待や恐れといった感情は、未来の映像を歪ませる。

カスミは深呼吸をして、無理やりに自分を落ち着かせ、蜂蜜の壷を覗き込んだ。午後の穏やかな光の中で、黄金の蜜はキラキラ輝いている。

じっと眼を凝らすと、蜂蜜の奥に、ぼんやりと人影が浮かんできた。アリシアだ。

胎児のように身を丸め、彼女は眠っているように見えた。微笑みを浮かべている。だが、蜂蜜の壷を支えるカスミの手は小刻みに震えた。アリシアの、この透き通るような美しさはなんだろう。肉体の殻を脱ぎ捨てて、溢れる光の中に溶け込んでしまうようだ。

ぐらりと、視界が歪み、黄金の映像が切り替わった。

「ハルカ?」

映し出されたのは仙道だった。彼は初老の男と向き合い、何ごとか話している。会話は聞こえないが、激しいやりとりをしていることは、表情や身ぶりでわかる。あの男は……学園長だ。すぐにわからなかったのは、彼が生徒たちに決して見せることのない、荒々しい表情をしているからで、そして、学園長が従えている無数の蜂たちのせいだ。

「そんなこと、ありえない!」

カスミは蜂蜜の壷を放り出すと、医務室を飛び出した。


「カスミ!」

階段の下で、カスミを呼び止めたのは仙道だった。

「どこへ行く?」

「アリシアを助けに」

カスミはきっぱりと言った。

「見たんだ。学園長の部屋で、あんたと学園長が争っていた。学園長は……銀色の蜂を従えていた」

「未来見か」

仙道は穏やかに言った。

「君の力には、目を見張るものがあるね」

「あんた、何者なんだ？」

カスミは、はじめて出会った人を見るような気持ちで仙道を見つめた。

銀のルーペを持っている仙道、世界の壁を越えるほどの力を持つ彼が、ただの学生であるわけがない。学生たちの噂の通り、高名な利き蜜師の隠し子なのか、あるいは既に利き蜜師の資格を持っているのか。

カスミの疑いを、仙道はあっさり認めた。

「私は利き蜜師だ。この学園に銀蜂の影があると報告があり、調査のため派遣された」

「ずっと、騙していたんだな」

「そのことは、すまないと思っている。だが、君やアリシアと共に過ごす日々は楽しかったよ。この四年というもの、私は本当に学生になって、君たちと競い、学び、幸福だった」

そんな言葉を、淡々と、過去のことを話すように仙道は言った。

「教室に戻るんだ、カスミ。ここからは、利き蜜師の戦いだ」

「アリシアは……」

「私が助け出す」

「俺も一緒に」

仙道は、すっと表情を消した。

「邪魔はさせないよ、カスミ」

「邪魔？　邪魔って何だよ」

「君は足手まといということだ」

残酷な言葉とともに、カスミの目の前に広がったのは金色の幕だった。どこからわいて出たのか、カスミを取り巻く無数の蜜蜂を操っているのは仙道だ。

「動くなよ。怪我をさせたくはない」

仙道が静かに言う。小さな蜂たちは、仙道の命令一つで鋭い針をカスミに向けるだろう。

カスミは立ちすくんだ。

蜜蜂から、これほどの攻撃の意思を感じたことはない。まるで彼が巣に害をなす敵であるかのように、蜜蜂たちは唸り声をあげカスミを取り囲んでいる。そんな敵意を向けられる理由がない。

金色の幕の向こうで、仙道はカスミに背を向けた。

「待てよ、ハルカ！」

カスミの叫びに、仙道は一度も振り向くことなく去って行った。

仙道は重厚な樫の扉を押し開いた。窓を向いて立っていた白髪の男がゆっくりと振り返る。

「やはり、あなたは銀蜂に侵されていたんですね」

仙道は扉を閉めた。後ろ手に封印をほどこす。

危険の兆候に最初に気づいたのはアリシアだった。銀蜂の伝承を調べるうち、彼女はそれが単なる伝承ではなく史実であると知った。危機は遠い過去の出来事ではなく、すぐそこに迫っているのだと。

彼女は利き蜜師である仙道の正体も見抜いた。その眼差しはひたむきで強く、仙道は協力を申し出る彼女の手を振り払うことができなかった。二人は学園の中にひそやかに蔓延しつつあった銀蜂を調査し始めたのだ。

仙道とアリシアは、ひそかに仲間を集め、銀蜂との戦いに備えた。力ある最上級生や教師の有志が行動を起こした。だが遅すぎた。

いつの間にか、学園長までが銀蜂の手先になっていたのだ。恐らくはもう何年も前から巧妙に、各地に調査の手を伸ばし、カスミのような子どもたちを集めさせた。強い力を秘めた子ども、まだ何色にも染まらず自分たちの下に引き入れることができる金の卵を。

「アリシアはどこです？」

感情を押し殺した低い声で仙道が問うと、学園長が乾いた笑い声をあげた。その口から這い出てきたのは銀色の蜂だ。仙道の親指ほどの大きさの蜂だ。

これまで幾度か対峙してきた単なる銀蜂ではない。これは彼らの王だ。アリシアが銀黒王と名付けた、魔物。

「あの冴えない女学生のことか？　私の周りをコソコソとかぎまわり、邪魔をしたあの女なら、蜜の檻に捕らえた」

仙道はマホガニー製の幅広いデスクに目をやった。そこにおかれた銀色の壷の中身は、蜜だ。野に咲く花々から集められた物ではなく、人の精神を糧に咲く魔の花から採取された闇の蜜だ。

カスミは解放され、アリシアが身代わりとなったのだ。だが銀黒王には知らないことがある。アリシアは他の犠牲者とは違う。自ら望んで、あそこに飛び込んだのだ。今も意識を保ち、仙道に応えることができる。

仙道は、そっと右手を握りしめた。銀黒王には見えぬほど細い金糸が、彼とアリシアを結んでいる。彼女を引き戻すための、命綱だ。

「若き利き蜜師。お前の力は消し去るには惜しい。私に力を貸せ」

「お断りします」

「この娘を解放できるのは私だけだ。お前が私に忠誠を誓うなら、この娘は解き放ってやっても良い。記憶を奪わせてもらうがな」

銀黒王は仙道の目の前にまで飛んできた。手を伸ばせば捕らえることができる距離だ。だが仙道は動けなかった。この銀蜂はアリシアの命を握っているのだ。仙道が、彼女を引き上げるのが早いか、魔物が彼女の命を握りつぶすのが早いか。

「返事は？」

さらに銀黒王が迫り、焦点が合わずその姿がぶれた。まるで催眠術師の揺らす糸の先のコインのように、銀蜂の姿が揺れ、仙道を惑わす。

ふらりと仙道の体が崩れかけた時、バンと乱暴な音がして扉が開かれた。銀蜂が思わずといった風に舞い上がり、仙道は自分を取り戻した。

「カスミ!?」

仙道が声をあげる。あの蜂たちをカスミはどうやってふり払って来たのか。そして扉の封印をものともせず開け放った。

開いたままの入り口で、カスミは立ちすくんでいた。彼の目には見えているのだ。学園長の体を養分に咲き誇る禍々しい花の姿が。赤や青、オレンジ……激しい色使いの光の粒子が入り混じる巨大な花が、学園長の体から蔓を伸ばしている。どこからわいて出たのか、無数の銀蜂がその花の周囲を飛び回る様は、不気味な美しさに満ちていた。

ふいに、どさりと重い音をたてて学園長の体が床に倒れた。幻想の花の周囲を飛び回っていた銀蜂たちがピタリと動きを止めた。

「五年ともたないとは、やはり老いた者は駄目だ」

蜂たちの中でもひときわ大きく、獰猛な羽音を立てる一匹が、あざけるように言った。

「やはり若い者の方が良い。自ら飛び込んできた、あの女のように」

その言葉に、カスミはきっと仙道を睨んだ。

「ハルカ、あんた。アリシアを囮《おとり》にしたんだな」

「……アリシアが言い出したことだ。止めたが聞かなかった」

「あんたが、引きずり込んだんだ」

仙道は利き蜜師だ。蜜蜂を守り導き、それに害なす者と戦う存在。彼には、銀蜂と戦う理由があり、力もあった。けれどアリシアは違う。

「アリシアは利き蜜師じゃない。なりたいとも思ってなかった。ただ、あんたの力になりたくて、側にいた。あんたが好きだったから。それを、あんたは利用したんだ」

「そうだな」

仙道はつぶやいた。

「一人で戦うべきだった」

「そうじゃない！」

カスミは苛立ち、床を蹴りつけた。

「あんたは、俺を使うべきだったんだ。俺の方がアリシアより力がある。そのことを、あんただって知っていた筈だろう」

仙道はわずかに顔を歪めた。

「研究室での実験じゃない。あそこでなら、あんたが一方的に送り込んで、引き戻すこともできるだろう」

何も知らず、ほとんど力も持たないクリスが、無事に世界の扉を越え戻ってきたように。

「でも、もう、ままごとじゃない」

これは現実で、まして人間に明らかな害意を持つ相手の手の内に潜り込もうというのだ。潜り込んだつもりが引き込まれ、囚われてしまう。

蜜の檻だ。外からの力だけで打ち破ることはできない。中に囚われた者にも力が求められる。アリシアには仙道と拮抗するほどの力はない。残酷だけど、それは真実だ。仙道もアリシアも、それを知らない筈はなかったのに。

何が判断を誤らせた？

「カスミ。それは……」

銀蜂がここぞとばかりに言う。

「あの女を助けたくはないのか？」

仙道は唇をしめらせた。思い切って言葉を紡ごうとした時、微かな声が部屋の空気を揺らした。

「ハルカ」

どこか遠くから聞こえてくるようなエコーのかかった声だ。仙道がはっと打たれように顔をあげる。

「アリシア？」

スルスルと百、いや千もの金色の糸が蜂蜜の壷から湧き上がり銀黒王を捕らえた。銀蜂が低い唸り声をあげるのが、細やかな金糸は決して封じ込めた蜂を放しはしなかった。

「こいつは私が連れて行く。この蜜の中になら封印できる」

「アリシア、止めろ！」

「ごめんね、ハルカ。あなたには貧乏くじを引かせてしまう」

千も万もの蜂が一気に羽ばたく時のような、唸り声に似た低音が部屋に響く。パタパタと乾いた音を立て、銀蜂たちが床に落ちていく。ただ一匹、金糸に絡み付かれた銀黒王だけが、激しく抵抗を続けた。部屋の空気を揺るがすほどに強い力がぶつかりあう。

「銀の王、お前には渡さないわ」

激しい風の中、澄んだ声は、不思議とよく通った。

「この美しい世界も、私の愛した黄金の魂も」

羽音がひと際、強くなった。自由にならない身を呪い、金切り声に似た唸り声を発する。窓ガラスを震わせるほど鋭く、大きな声だ。

「お前の真名を知る者が、命を賭して命ずる」

アリシアの声はりりんと響き渡った。嵐に迷う旅人を導く笛の音のように、強い意志にいろどられたその声は、不気味な羽音を切り裂いた。

「止めろ、アリシア」

仙道が叫ぶが、アリシアは言葉を止めなかった。その唇が、一つの名をつむぐ。

瞬間、世界が揺れた。

カスミは思わず両耳を押さえたが、羽音は容赦なく頭の中に響いてくる。それは恨みと呪詛の声だった。

「呪いを受けるがいい」

アリシアによって封印されながらも、銀黒王は最後の抵抗をしていた。

「我が生涯をかけて、そなたらを呪ってやる。一人には不死の、一人には孤独の……永遠に解けぬ呪いを」

聞く者の心を打ちのめす、ぞっとするほど暗い力に満ちた声だった。仙道もカスミもこらえられず床に膝をつく。


ざあっと強い風が吹きぬけ、草が鳴いた。

気がつけば、まゆが立っているのは圧迫感のある石造りの建物ではなく、青空のもとだ。泉のほとりで、まゆは陽花を振り仰いだ。

「それで、みんなはどうなったの？」

「アリシアは、命を落としました。銀黒王を封印した蜂蜜に同化されてしまったのです。その蜂蜜はカスミが埋めました」

海の見える丘だ。墓をたてたのはカスミなのだろう。

「サフィール学園は閉鎖され、この世界はひと時の平穏を取り戻しました。その功績により、利き蜜師仙道は金のマスターに任じられました。けれど、あの日、仙道は不死の呪いをかけられました」

カスミの守り蜂は言った。

「不滅の肉体を持っているのか、限りなく流れの遅い時の狭間に落ち込んでしまったのか、わからないけれど、彼は六十年前と変わらぬ姿をしています」

定住地を持たず、風のように世界中をさ迷う仙道。一つ所に留まれるわけがない。たとえ金のマスターとして国家の庇護を得ることができても、仙道には心から安らげる我が家はないのだ。

「カスミもまた、銀黒王の封印に助力したこと、また優れた才能を認められ、特例として金のマスターに任じられました。私は彼の守り蜂になったのですが、すぐにお払い箱になりました。カスミが利き蜜師の地位を自ら捨てたからです。けれど彼は蜂蜜から完全に離れることはできなかった。アリシアの死を招いた蜂蜜に複雑な思いを抱きながらも、それを商売の道具と見なし巨万の富を築くことで、かろうじて心のバランスを保ち、生きることができたのでしょう」

まゆは、老人の目に宿る暗い光を思い出した。

「仙道とカスミが、呪いをかけられてしまったのは、二人が、心の隙を突かれたからです。仙道もカスミも、心に恐れや脅えを抱き、そこを狙い澄ましたように毒の針を刺し込まれた。

だから、銀黒王は封印されたのに、二人は今も呪いに縛られているのです」

「お師匠は、わかります」

まゆは陽花の言葉を噛みしめながら答えた。

「アリシアさんを失って、本当は自分も共に逝きたいと願ってしまったから……不死を引き寄せてしまった」

もっとも恐れ、忌まわしく思うものを。だが、カスミは？

「カスミは、突然の事故で両親を失った日からずっと、自分の居場所を探し続けていました。溢れる才能を持つばかりに、いつか能力を認められ必要とされることが、彼の存在理由になったのです。人は、その才能や力だけで、求められるのではないのに、幼いカスミにはそれがわからなかった。だから仙道が彼を戦力と見なさなかったことが、裏切りのように思えたのでしょうね」

仙道に力を否定され、カスミは生きる意味を見失ってしまった。誰からも求められない、愛する者はみな自分を置いていってしまう。祖母の死をきっかけに、その心の陰を、銀黒王に突かれた。

魂の半分とも言われる守り蜂を自ら切り捨て、仙道とも袂を分かち、ずっと一人で生きてきたのだ。決して尽きぬ蜂蜜を持ちながら、それを誰かと分けあうことができない孤独な老人だ。

「あなたにはもう、わかったのでしょう。あの蜂蜜は、カスミのおばあさまの想い」

「はい」

優しくて、あたたかい、幸福な時間を閉じ込めた金の蜜。夜ごと、カスミを慰める、失われた過去の夢だ。決して涸れず、尽きることのない愛情だ。

まゆはポケットから、カスミの祖母から渡された壺を取り出した。やわらかな白磁の壺は、まゆの手にぬくもりを伝えてくる。けれど、ここにいる限り、まゆはカスミにこの壺を渡すことはできない。

出て行かなければならない。でも一人で行くことはできない。

「この世界にカスミを引き込めば、彼が苦しみから解放されると、私はずっと思っていました。私には、その力がありました。世界の扉を開け、彼に呼びかけることは、いつでもできたのです」

「でも、そうしなかった。六十年もの間」

「カスミの心が日々に渇き、痛みさえ感じないほど追いつめられていく姿を見て、私は幾度、彼をこの世界に連れ去ろうと思ったでしょう。それが外の世界で彼の死をもたらすとしても、心だけは、私のもとで永久に安らげばいい。二度と離れることはなく、彼を守ることができる。幾度、そうしようと思ったでしょう」

でも陽花は、そうしなかった。カスミが自分の足で生き続けることを望み、見守っていたのだ。カスミが、祖母の蜂蜜を見つけたのは昨年の暮れだと言った。それが決して減らない不思議な蜜だと気づいてから、半年とたっていない。

その何十倍もの長い時間、カスミに存在すら知られないまま、陽花は、この蜜の世界を守っていた。

「守り蜂だから？　あなたはカスミさんの守り蜂だから、そんなにも長い間、あの人を見守ってきたの？」

ひっそりとした笑い声が風を揺らした。悲しむような、仕方がないと全てを受け入れたかのような、不思議な優しさを感じさせる笑いだった。

「カスミはもう、私という守り蜂がいたことなど、忘れてしまったでしょうけれど」

「そんなことない」

まゆは言った。

銀蜂に襲われたあの午後、蜂蜜の壷から姿を現した金の蜂を見て、カスミは確かにその名を呼んだ。

「カスミさんにとって、あなたは今でも守り蜂だと思う。あの人が、金のマスターでなくても」

「ありがとう。あなたは優しい子ね」

「そんなことは……」

「優しい子どもに、こんなことを言うのは心が痛むけれど、金のマスターと守り蜂の関係も、永久に蜜月が続くわけではないのですよ」

「どういうこと？」

「守り蜂は、金のマスターに隷属しているのではありません。絆は深いけれど、それは契約に近く、袂を分かつこともあれば……裏切りもあるのです」

「裏切り？」

ひんやりと、陽花の言葉が胸に落ちた。

「私は、仙道の守り蜂が気にかかります」

「月花が、何？」

「カスミの花場で蜜蜂たちを見たでしょう？　何か、感じませんでしたか？」

まゆは、はじめてこの地を訪れた午後を思い出した。素晴らしい花場だと思う一方で、何か、心にピリピリしたものが引っ掛かったのだ。ごく小さなササクレのような痛み。痛みの源に、陽花が触れる。

「蜜蜂たちの間に不穏な動きがありました。カスミの花場に足を踏み入れるなり、仙道はおかしな気配に気づき、月花を偵察に出しています。蜜蜂の変化を守り蜂が見抜けぬ筈がない。でも月花は、仙道に何も告げませんでした。不自然だと思いませんか？」

「でも、それは……」

月花が仙道を裏切ることなどありえない。守り蜂に裏切られるような、どんな些細な欠点も、仙道にはないのだから。

あの人は、まゆの師匠で、世に並ぶ者のいない優れた利き蜜師だ。人々の称賛と尊敬を一身に集める金のマスターだ。間違わない人で、強く優しい人で、いつも微笑んでいる、決して傷つかない人。

でも、本当に？

仙道がまゆには見せようとしなかった、まゆが甘えるために見ようとしなかった、あの人の痛みが、孤独が、今ならわかった。

アリシアを失い、カスミと決別し、決して老いることも死ぬこともない体と降り積もる記憶だけを持って、仙道はいったい幾つの夜を一人きりで過ごしてきたのだろう。傍らにいたのは守り蜂の月花だけだ。

その月花が、仙道を裏切るはずがない。

鼻の奥がツンとして、まゆはこらえきれず涙をこぼした。慌てて手のひらでゴシゴシと涙をぬぐい、まゆは顔を洗おうと泉を覗き込んだ。遠い水底に映るのはレンゲの花畑だ。そして、仙道の姿があった。

「お師匠」

仙道の傍らに誰かがいる。揺らめく水に歪む映像を必死で読み取ると、その人に見覚えがあった。

「アリシアさん?」

そんな筈はない。彼女は六十年も昔に消えてしまったのだ。今は海の見える丘で眠りについている。

アリシアは仙道の首に両手を回した。

「お師匠!」

まゆは泉に向かって叫んだ。

「騙されないで、その人は、本当のアリシアさんじゃない!」

八章　そして、帰る場所

紅の花がやわらかな風に揺れていた。花影に身を隠す蜜蜂を、仙道は悲しい眼差しで見つめた。利き蜜師である彼を、この蜂は恐れ、遠ざかろうとしているのだ。

仙道は蜜蜂が逃げ出す隙を与えなかった。素早く伸びた指先が、小さな身を傷つけぬよう細心の注意を払いながらも、しっかりと蜂を捕らえる。右手で蜜蜂を捕らえたまま、彼は左手で銀のルーペを引き出した。

肉眼では、ほとんど普通の蜜蜂と変わらぬように見えるが、ルーペを通せば、その違いは明らかだった。体の一部が変色している。黄から銀へ。変化は、わずかなものだが、もとに戻ることはない。この蜂は、もう無邪気な働き者ではなく、人を餌に生き延びる呪われた生き物だ。

仙道は小さな吐息をついて、蜂を自由にしてやった。銀蜂と化してしまった以上、あの蜂を救う術はなく、ルーペの力で焼き払うべきだと頭ではわかっていたが、気持ちがついていかなかった。

「何か、あったのか？　仙道」

「いいえ」

　静かに首を振ってから、仙道は守り蜂を呼び止めた。

「カガミノで不思議な銀蜂に会いましたね」

「ああ。マルクって旅の蜂飼いが連れ歩いていた奴だろう」

「あの蜂は斥候、私たちの動きを探りにきたと、お前は言いましたね」

「ああ、それが？」

「おかしいと思いませんか？　それほどの知能や意思を持つ銀蜂がいることを。銀蜂は本来、奴らの王に心を奪われた人間のなれの果てです。王の手足であり、単なる道具のはず。自らの意思で行動することなどありえないのに」

「つまり、何が言いたいんだ？」

　月花がいら立ったように声を強める。

「私が知らない銀蜂がいるということです」

　私たちが知らない銀蜂、ではなく、私が知らない銀蜂。仙道はあえて、そう言った。そしてその意図は、月花にも伝わった。

「お前は、気づいていたんですね。一方的に支配されるのではなく、何らかの契約で銀黒王に力を貸す、新たな銀蜂がいるという現実を知っていた」

「……ああ、知っていた」

「私には伝えなかった理由を、聞いてもいいですか？」

仙道の問いかけに、月花はすぐに答えようとはしなかった。何ごとか考え込むように、ゆったりと舞う。小さいながら金の光を放つその姿は優雅で、見る者の視線を引き寄せる。

どちらにとっても、ずいぶん長いと思える時がたった。

「いつから、こんなことになっていたんですか？」

痺れを切らしたのか、口を開いたのは仙道だった。

「私にはわかります。この蜂たちは、自ら望んで銀蜂へと変化した。いったいなぜ？」

「銀黒王に忠誠を誓い仲間となれば、引きかえに力を与えられたからさ」

月花の声は透き通る風に乗り、花々の間を渡った。その声に励まされたように、誘われたように、数十四の蜂がレンゲの陰から姿を現した。どれも、銀の縞を持つ蜂だ。

「この花場だけじゃない。あんたが守っていたカガミノでは流石《さすが》にそんなことはなかったが、並みの利き蜜師しかついていない花場では、半数近くの蜂が銀黒王と契約を交わしていることすらある」

「どうして」

「どうしてかって、それを俺に聞くのか、仙道。あんたは本当は、答を知っているはずなのに」

守り蜂の声には、仙道を責める響きがあった。

「そうしなけりゃ、生きられなかったからさ」

「月花」

「銀黒王の復活が近づいて人の心が病んでいるのか、あるいは人の心が病んだから奴の復活が早まったのか、どっちが原因かは、どうでもいい。問題は、この世界に、蜂たちがまともに生きられる場所が、もうほとんど残っていないってことだ」

「月花、もういい」

「水も、大地も、花も奪われて……銀蜂になって人の心に寄生する以外、どうやって生きていけばいいんだ？　人間が蜂たちを見捨てた。だから蜂たちも……」

「もういい、やめてくれ！」

仙道は叫ぶように、月花の言葉を遮った。花の間を、低い羽音だけが重なり響く。長い長い沈黙の後で、仙道は言った。

「銀の主に仕えんとするものは、明朝までに、この花場を去りなさい。私は追いません。けれど再びまみえることがあれば、金のマスターの名にかけても、あなたたちを焼き払います」

仙道の表情にはひとかけらの動揺も残っていなかった。数十の蜂たちはザワリと揺れ動き、次々と身を翻した。最後の一匹である月花が飛び去り、その姿が遠く、見えなくなるまで仙道はまっすぐに見送った。


仙道はレンゲの花畑に膝をついた。想像し、覚悟をしていたとは言え、実際にあれほどの数の蜂たちが、魔物に心を寄せている様を見れば、何もなかったかのように微笑むことなどできなかった。

彼を心配して蜜蜂が寄ってくる。慰めるように耳元で羽音が歌う。

「あなたたちの仲間を、奪ってしまいましたね。利き蜜師失格です」

仙道は苦く笑った。

カガミノで丘から養蜂場を見下ろした時、そこが「緑の楽園」だと思っていた。人と自然が調和し、蜜蜂が金の糸のようにたがいを結び合わせる。奪うことも、奪われることもなく、誰もが笑顔で生きていた。

でもそれは、限られた特別な場所だけのこと。

月花の言うとおり、仙道は世界の苦しみから目をそむけていたのだ。六十年の間ずっと、アリシアの死から逃げ続けていたように。

「愛想づかされても、当然ですね」

「何を、たそがれているのよ、ハルカ」

快活な女性の声がふって来て、仙道は顔をあげた。

陽光を背に歩み寄ってきた女性に、仙道は目を細めた。くたびれた白衣にサンダル。蜂蜜色の豊かな髪を面倒くさそうに一つにゆわえて、胸もとにグリーンアンバーのペンダントを下げて、彼女は変わらぬ姿で微笑を浮かべる。

「……アリシア？」

「なぜ、ここに？」

「私はあの時、死にはしなかった。あなたと同じように、永遠の命を得たの」

アリシアは軽やかに仙道に近づくと、ふわりと両手を伸ばした。

「ねえ、ハルカ。私といっしょに行きましょう」

「どこへ？」

「仲間がいる所よ。私たち今度こそ、あの美しい花で世界を埋めつくすの。それには、あなたの力が必要だわ」

「私はもう、金のマスターではありませんよ。守り蜂に見放されました」

「ああ、月花ね」

クスンと、あどけない少女のようにアリシアは笑った。

「あの子なら今は私たちの仲間。だから、あなたが私の手を取れば、あの子もまたあなたのものになる」

仙道は、アリシアの言葉をかみ砕き呑み込もうとするように、ゆっくりと瞬きをした。

「ハルカ、考えて。病み衰えた世界に、もう花は咲かないわ。ならばいっそ、おろかな人を滅ぼして、まっさらな大地にまた、美しい大輪の花を咲かせましょう。太古の空がまぶしく輝き、世界が果てなく澄んでいたあの時に戻るのよ。そうすれば、あなたの蜂たちも、幸せになれる」

アリシアの声には不思議な旋律があった。聞く者の心を惑わす、甘いしびれ薬のようだ。

レンゲの花が燃え立つように揺れ、濃密な花の香りが仙道を押し包んだ。よろめくほどの甘く強い香りは、既に暴力だった。人を支配するほどの香り。

「さあハルカ、私の手を取って」

仙道は強く目を閉じた。引きずられそうになる心を引き戻す。この女は、アリシアではない。アリシアの姿をして、彼女の声で、仙道を取り込もうとしている魔物だ。

今すぐ飛びかかり、その細い首を絞めあげたい。だが、まだ駄目だ。まだ早い。

「誓って。私と、どこまでも共に行くことを」

仙道は必死で自分を抑えた。既に瘴気にも感じられる花の香りに耐え、心を奪われぬよう、かと言って早すぎる反撃にでることのないように。体温があがり、考えがまとまらない。

その時、一陣の風が吹き抜けた。

(お師匠！)

風が伝えた少女の声は、歪んだ空間を一瞬であるべき姿に戻した。

仙道の全身を、澄んだ水に似た心地よさが満たした。もどかしく目や耳を覆っていた紗幕が取り払われ、五感が開かれる。声が聞こえる、世界が見える。

仙道の口元に笑みが浮かんだ。

「ハルカ？」

「ああ、失礼。ぼんやりしてしまった」

にっこりと仙道は笑い、手を差し出した。何を感じたか、びくりと、身を引こうとするアリシアに仙道は言った。

「金のマスターも、ずいぶんと見くびられたものですね」

言うなり右手を一閃させる。

まばゆい光が花場を走った。仙道が操る金色の蜜糸だ。とっさに飛びすさり攻撃を避けようとした女は低く唸った。風に溶け込むほどに細い蜜糸は、がっちりと彼女を捕らえ地に縫いつけている。

そこに立つ者は、もはやアリシアではなかった。紺のお仕着せに身を包んだ女性は、カスミの屋敷で家政婦として働いていたポーラだ。

「アリシアのふりをする気なら、ちゃんと覚えておいてください。彼女は何より大切にしていたその石をカスミに渡したんです。今、ここにある」

仙道はポケットから取り出したペンダントを突きつけた。

「最初に会った時から、お前の気配には気づいていましたよ。確信が持てなかったけれど、ポーラさんに取りついていたんですね」

執事と彼女だけが、カスミの身近にいることを許された。そして、長らく存在を忘れられていた蜂蜜を見つけたのはポーラだ。

蜂蜜に不思議を感じても、微塵もポーラを疑わなかったのはカスミの甘さだ。人嫌いで通り猜疑心も強いくせに、ひとたび懐に入り込んでしまった者を無条件で信頼してしまう。

自らの花場から裏切り者が出たことにも彼は気づかないし、認めることもできないだろう。

彼はやはり、利き蜜師にはなれない男だ。だが、それで良い。カスミはカスミのやり方で、蜂蜜とかかわっていけば良いのだ。

「東の地で悪しき銀色の風が吹いていることは、利き蜜師なら誰でも知っていることでした。私にはすぐにわかりましたよ。あれから六十年、そろそろお前の封印が解ける頃だろうと」

そして目覚めた銀黒王が仙道とカスミを放っておくわけがないと。一つには六十年前、苦杯を舐めさせられた復讐だ。そしてまた、新たな野望への障害を取り除くために。

「カスミはお前の思惑通り、蜜の檻に捕らわれてしまった。彼は六十年前もトコネムリに罹患していますしね。このままでいれば遠からず、アリシアのように蜂蜜に同化し、消えてしまうでしょう」

それこそが彼の望みであるのかもしれない。胸に浮かんだ一瞬の疑念を仙道はふり払った。

「ああ、そんな娘がいたな」

ポーラはせせら笑った。

「大した力もないくせに私を封じようなどと、愚かな娘だった」

「アリシアは愚かではありません。危険であることも、無謀な試みであることも全てわかっていました。それでも彼女は、お前に挑んだ」

「敵わぬと知っていて挑んだか？　なおさら愚か者だな」

「彼女はカスミを愛していましたから」

仙道は静かに続けた。

「だから彼の変化に気づいたし、彼のために命をかけたのです。そうでなければどうして、お前を封じるほどの力を持ちえたでしょう」

彼女がカスミに向けたまなざしを思い出すたびに、守ってやれなかったことを悔やむ。自分が代わりになるべきだったと、何十回、何百回と思った。

「身の程知らずな愚か者は、お前も同じことだ、利き蜜師。私を縛りここに留めるだけで、精一杯の筈。いったいいつまで力が続くか」

蜜糸を放ち、操るにはかなりの力が必要だ。長くは持たないことは仙道にもわかっていた。既に右手は痺れて感覚が薄れ、わずかながら息があがっている。

無数の不吉な羽音が近づいてきたのは、その時だった。銀黒王が配下の銀蜂たちを呼び集めたのだ。主を蜜糸で捕らえている今、銀蜂たちが襲ってくることはないが、仙道の力が尽きて、一瞬でも綻びが生まれたら……。

「下がりなさい！」

白く可憐な花が揺れるさまを目の端に捉えて、仙道は命じた。

あれは小さな、力なき蜜蜂たちだ。敵わぬことを承知で、銀蜂に立ち向かおうというのだ。

カスミの花場を守るために、金のマスターを守るために。

「私が守ります」

鋭い声に怯えたように身を潜める蜂たちに、仙道はうってかわって優しく囁いた。

「あなたたちもカスミの花場も、これ以上は決して傷つけさせはしない」

しんと、ひと時の沈黙が落ちた。銀蜂たちも羽ばたくことを止めポーラの肩や背に止まる。鋼の鎧《よろい》をまとったポーラは傲慢に両手を広げた。世界を従えるようでもあり、仙道の蜜糸から半ば自由になったとあざ笑うようでもあった。

「たった一人で何ができると？」

「一人ではありません」

「弟子も旧友も私が捕らえた。半日とたたず、あの者たちは吸収され、私の力となるだろう」

「さあ、それはどうでしょうか」

「守り蜂にも裏切られ……」

ポーラは言葉を切った。この上もなく晴れやかな顔で仙道が空を仰ぎ見たからだ。

「見つかりましたか？　月花」

「ああ、見つけたぜ」

威勢の良い返事とともに、金色の光が舞い降りてきた。小さな金の蜂だ。

「あんたの読み通り、図書室じゃなくカスミの書斎にあった。重かったけど、壷の所まで運んでおいてやったぞ。俺って、やっぱり頼りになる守り蜂だよな」

「感謝していますよ。ついでに、こいつを押さえるのを少し代わってくれますか？　いささかくたびれました」

「いや、流石にそれはちょっと荷が重いだろ。吹っ飛ばされるのがおちだ」

いつもと変わらぬ利き蜜師と守り蜂のやりとりに、ポーラが眉をはねあげた。

「どういうことだ？　仙道」

「何がです？」

「その蜂はお前を裏切ったはず」

「月花が私を裏切ることはありません」

仙道は言った。

「私に愛想が尽きたなら、そう言って、さっさと出て行きますよ。彼は、そういう性格なんです」

「だが先ほど……」

仙道は肩をすくめた。

「あなたの気配があったので、そろそろ正体を現してもらおうかと。それに、私に引き寄せておけば、その間は月花が自由に動けると思ったので」

「ふざけた真似を……」

「全てが、演技というわけではありませんでしたよ」

仙道は悲しげに囁いた。

「カスミの花場に、お前と契約を交わした蜂たちがいたことも、それを知っていた月花が私に教えようとしなかったことも、本当のことです。月花が私を責めた言葉も、演技ではありません」

蜜蜂たちの絶望や、怒り、憎しみが、銀黒王に力を与えた。

「それでも、お前は守り蜂を信じると？」

「むろんです。月花だけではない。カスミも、まゆも、カスミの守り蜂も……私は信じています」

六十年前、カスミを信じ切れなかった弱さが、悲劇を招いた。

愚かさは繰り返さない。

月花は新たな銀蜂の存在を仙道に告げなかったが、それは裏切りではない。彼は仙道を守りたかったのだ。

「さあ、行きましょうか。役者は揃った」

仙道は、小さな弟子には決して見せることのない冷ややかな笑みを浮かべた。守り蜂が寄り添うことで力を取り戻した蜜糸で捕らえた獲物を手繰りよせる。ポーラはさせじと地に足を踏ん張り、身にまとう銀蜂たちも抗議の羽音を立てるが、仙道は一切を無視した。


カスミの応接室は変わらぬ姿で、仙道とポーラを迎えた。

蜂蜜の壷は、テーブルに置かれたままだ。仙道は壷の蓋を取り、蜂蜜を覗き込んだ。金色の蜜は凪いでいる。既にそこに人影を見ることはできなかった。

「遅かったな、利き蜜師。どうやら弟子たちは溶けて消えてしまったようだ」

ポーラには答えずに、仙道は床から折りたたまれた紙片を拾った。月花が運んできたものの力尽きて、そこに落としたようだった。すっかり変色した紙片をテーブルの上に注意深く広げると、そこには五芒星に似ているが、さらに複雑な文様が描かれていた。

「サフィール学園で時空を超える蜜糸の研究をしていた時、私はそれが世界を救いうる技だと信じていました。けれど、一つの命を引き戻すことも叶わなかった。だから封印したのです。人の手に余る禁忌であるのかもしれないと。研究の成果は全てカスミに託しました」

カスミが処分するなら、それでも良いと思ったのだ。でも彼はアリシアの命を奪うきっかけともなった、この秘儀を守り通してくれた。

仙道は紙片の中央に、蜂蜜の壷を置いた。指先をとぷんと蜂蜜に浸し、こぼれおちるほどの蜜をすくい取ると、それを少しずつテーブルの四方に落としていった。

カスミは優しい過去の思い出に囚われ、今を生きることを放棄する男ではない。必ず、ここに戻ってこようとする。

そして何よりも、小さな弟子の力を、仙道は信じている。

「お前の最大の誤算は、まゆをカスミから遠ざけておかなかったことですよ。アリシアの時もそうですが、あの子はお前に引きずり込まれたのではなく、自らの意思で扉を開け世界を渡ったのです。お前の蜜の檻も、まゆを捕らえたままではいられません」

「あの小娘に、どんな力があるというのだ？」

ポーラの姿をした銀黒王はせせら笑ったが、仙道の心は乱れなかった。

「絶望に捕らわれることのない、健やかな心」

「何？」

「お前が最も厭《いと》うものでしょう？　その心を持つ限り、トコネムリに感染することはない。まゆに対しては、カスミに使った手が通用しないということです」

銀黒王は明らかに怯み後ずさった。

「お前にはまゆを取り込むことはできないし、あの子に連なる者たちを害することもできません」

「それは、お前自身のことを言っているのか？」

仙道は微かに笑った。

「あの子は、この混沌とした乾いた時代になお、蜂蜜の中に世界を見ることができる、豊かな心の目を持っているんです。それは周囲の者を変えうる力です。二年前、カガミノであの子に会わなければ、私もまたお前の望みどおり、壊れていたでしょう」

果てない人生に疲れ果て、心を手離していたかもしれない。引き止めたのは、まゆだ。

カガミノで優れた鼻を持つ幼いサラが、仙道に聞いた。

「どうして、仙道さまは花の匂いがしないの？」

仙道は、香りをコントロールすることは利き蜜師に求められる能力だと、少女に答えた。

けれど、あれは誤魔化しだ。

銀黒王の呪いを受け、肉体が時を刻むことを止めた日から、仙道は自身と自身を取り巻く一切の香りを失った。それは髪や髭、爪が伸びないことよりも、彼に衝撃を与えた。

自分はもう生きていないのかもしれない。仙道は幾度もそう思った。自分は不死の身ではなく、この世に縛られた死者なのではないか。本当はあの日、アリシアと共に死んでいて、ただ浅ましくも死を拒んだ肉体だけが、彷徨《さまよ》っているのではないか。

自分を信じることができず、心が軋んで、バラバラになってしまいそうだった時、まゆに出会った。

「いい匂いがする。レモン?」

仙道が抱き上げた時、まゆはそう言った。なぜレモンなのかわからずに、ずっとたってからまゆに確かめたら、本当はヴァーベナの香りだったと彼女は言った。

ヴァーベナは思い出の香りだ。サフィール学園の中庭に咲いていて、季節には校舎も寮も、その香りで染まった。

病み疲れ果てていた小さな子どもが、それゆえの鋭敏な感性で、仙道の中に流れている命を感じ取った。乾いた大地の奥深く、わずかに流れる水を知るように。

救われたと、あの時、思った。

その子どもの中に輝くばかりの才能を見つけて、導くうちに、いつか導かれ、仙道はここまで来たのだ。前へ進めと、弱き心を励ましながら。

仙道はアリシアの形見となったペンダントを壷に落とした。本来、粘度の高い蜂蜜に、軽い琥珀が沈むことはない。だが、仙道が見守る中で、ゆっくりとグリーンアンバーは蜂蜜の中に潜っていった。

あの時、蜂蜜の中に封じられたアリシアを救い出すことはできなかったけれど。

「不死の呪いをかければ、人は時を止めると思いましたか？　変化も成長もせず、未熟な若い利き蜜師のままでいると？」

思ったのだとすれば、それが銀黒王の敗因だ。

「まゆに、内から応えるだけの力があると思うか？」

仙道の様子を見守っていた月花が聞いた。

「あの子もまた、試されている。利き蜜師としての才能と言うよりも、一人の人間として、生きる力を持っているか」

世界は病んでいる。ただ生き抜くことですら、たやすいことではない。ましてや、自分らしく生きるとなると。仙道がかつてそうであったように、カスミが今そうして苦しんでいるように、過去は優しく、死はたとえようもなく甘く感じられる。

銀蜂たちは、そこにつけこむのだ。

まゆは、この暗い世界の中で、わずかにある陽だまりを探して生きていけるだろうか。

「大丈夫です」

仙道は迷いなく答えた。

「あの子は私の、利き蜜師である私の一番弟子なのだから」

まゆは、大きく息をはいた。ずっと体に力が入っていて、呼吸することすら忘れていたようだ。

「お師匠」

まゆの師匠は闇の力をふり払った。今、世界をつなぐ扉を開けようとしている。

さらに泉の方に身を乗り出そうとしたとき、蜂蜜の壷が膝から転がり落ちそうになって、まゆは慌ててそれを柔らかな草の上に置いた。

カスミの祖母が残した涸れない愛情。でもそれは、こんな風に過去を繰り返させ、前に進む力を奪うものであったはずがない。

この世界を抜け出さなくちゃいけない。

「陽花！」

「どうしました？」

「私をカスミさんの所へ……ううん、カスミさんを連れてきて、今ここに」

強いまゆの声に何を思ったのか、蜂は短く答えた。

「わかりました」

さっとカーテンが引かれたように目の前の景色が一変した。泉だけはそのままに、まゆの周りの舞台が変わったのだ。そこは広い研究室だった。白衣に身を包んだ男が、身をかがめるようにして顕微鏡を覗き込んでいる。まゆは男に駆け寄り、その腕を掴んだ。

「カスミさん！」

「お前は誰だ？」

いぶかしげに、カスミはまゆを見た。彼はまだ若く、まゆと出会った時の彼ではない。でもサフィール学園で仙道と過ごしていたカスミよりも年をとっている。彼の上には、あれから十年近い歳月が流れているようだ。

「私、まゆです」

「知らんな」

「私はあなたを知っています。カスミさんでしょう？」

「なぜ私を知っている？」

何と答えればいいのか迷い、まゆはカスミを見返すだけだった。

まゆと彼が本当に出会うのは何十年も先のことだ。そしてまた、この世界で彼の歩みをずっと見つめてきたことは、話すことができない。

口ごもるまゆを怪しむように眺めていたカスミは、まゆの肩先に止まる金色の蜂に気づいた。何かを思い出そうとするように、きゅっと眉間をよせて、カスミはつぶやいた。

「お前……陽花？」

「ええ。お久しぶりです、カスミ」

「何故、お前がここに？」

「説明は後で。今は、この子の話を聞いてくれませんか？」

「こんな子どもは知らない。お前たち、いったいどこからもぐり込んだんだ？」

矢継ぎ早の質問に、まゆも陽花も答えなかった。

「何故、答えない！　警備員を呼ぶぞ」

カスミが声を荒げた時、ぐらりと周囲の景色が歪んだ。研究室の壁も窓もかき消え、まゆたちは草原にいた。

「いったい、何が」

喘ぐようにつぶやいたカスミの視線が、足もとに広がる泉に留まった。彼とまゆが世界を渡ってきた扉だ。

ゆっくりと顔をあげて、カスミは周囲を見回した。そこはクローバーの花が咲く野原だ。

風は五月。

「ああ、この場所を知っている」

ふわりと、カスミは微笑んだ。その姿が時を巻き戻していく。白衣の研究者は消え、サフィール学園で仙道と首席を争っていた少年が現れて消え、やがて、そこにはまゆよりも幼い子どもが現れた。蜂蜜色の髪に空色の瞳を持った八歳のカスミだ。

まゆはクローバーの野原を見た。そこにピクニックの支度をする若い夫婦がいる。光に溢れる幸福な光景だ。だがまゆは、ぞっとした。あの光景を知っている。優しい笑顔の女性が、こちらを見て手をふった。その唇が動く。

駆け出そうとするカスミの腕を、まゆはとっさに掴んだ。

「駄目！」

今、少年のカスミを行かせたら、また同じ時が繰り返される。永遠に、繰り返される。

「何だよ」

カスミは唇を尖らせた。彼にしてみれば、見知らぬ少女に邪魔をされる理由がわからないのだろう。

「カスミさん、私を見て」

まゆは自分より少しだけ低い位置にあるカスミの目を覗き込んだ。

「私、まゆです。思い出して」

「まゆ？」

少年が不思議そうに、その名をつぶやく。どこかで耳にしたことがあるが思い出せない、そんなもどかしげな様子で首をかしげる。

「カスミ、私を覚えていませんか？」

陽花が言葉を添える。

「私は陽花、あなたの守り蜂です。思い出してください。アリシアや仙道、おばあさま……あなたが出会った、あなたの大切な人たちを、思い出して」

「知らない。そんな人たち、誰も知らない」

カスミは両手で顔を覆った。指の隙間からくぐもった声が告げる。

「だって僕は、一人ぽっちだ」

「カスミさん？」

「私は呪いをかけられた」

声はいつしか、少年の高く澄んだものではなく、深い響きを持っていた。

「歯向かってはならない大きな力に歯向かった。その報いとして、友を亡くし、この身に孤独の呪いを受けた。出会う者はみな、私をおいて行ってしまう。幸せになどなれないんだ……一生涯」

銀黒王は事件を生き延びた人に傷を残した。仙道には不老不死という重い定めを、そしてカスミには自分は孤独だという呪縛を。

それは立ち向かう力を奪うためだ。思惑通り、カスミも仙道も六十年という長い年月を、逃げるように過ごしてきた。でも、いつまでも苦しんでうつむいたままではいない。

「呪いなんて……解けない呪いなんて、あるわけない！」

まゆは叫んだ。呪詛はあるだろうし、銀黒王の力は強大だ。その針で刺されたものはジワリジワリと心を蝕まれる。

「あんなちっちゃな、たかが一匹の蜂の言葉に縛られているだけじゃない」

カスミは孤独だと言った。確かに彼は身内の幸に薄いかもしれない。だが呪いなんかなくても、彼より孤独な者はたくさんいる。

「自分で壁を作って、人を追い出して、一人になっているだけじゃない。おばあさんはあんなにカスミさんのことを思っていたのに、アリシアさんはカスミさんを命がけで愛していたのに……気づかなかったのは、カスミさんでしょう」

残酷な言葉だと、まゆはわかっていた。カスミを傷つけ、さらに追いつめてしまうかもしれないと。でも、カスミに認めて欲しかった。彼が犯した過ちは、自分に向けられた想いから目をそらしたことなのだと。

過去を変えることはできない。アリシアもカスミの祖母も、戻ることはない。それでも、間に合うものはあるのだ。

「お師匠も……」

そこで、まゆは思わず声を詰まらせた。

「お師匠もカスミさんのことを、ずっとずっと思っているのに……六十年も、どうして二人とも……」

まゆは思わずカスミの胸にむしゃぶりついていた。出会った時のカスミならば思わずよろめくような勢いだったが、今の彼はステッキにすがる痩せた老人ではない。ちょうど仙道と同じくらいに見えた。

胸の中の少女をどうしていいのかわからない風情で見下ろしているカスミは、ふいに顔を歪めた。低いうめき声にまゆが驚いて顔をあげる。

「カスミさん？」

両手を頭で抱えたカスミが苦しそうに震えていた。

「カスミさん、どうしたの？」

「嫌だ、これ以上、時を動かすな」

見る見るうちに年齢を重ねていく自分に、カスミは必死に抗おうとしていた。

「老いてゆくのは呪いだ」

思いどおりに動かない体、欠け落ちていく記憶。何よりも、前に進んで行こうという気持ちが消える。

「醜くて、救いがない」

「違う！」

まゆは思わず叫んだ。まだ十二歳のまゆに、老いていくことの本当の意味はわからない。でもカスミが言うように、忌まわしく、救いのないものであるはずがない。

「違います。そんなことない」

もどかしく、手を握り締めたまゆを制するように、陽花がすっと前に出た。

「私はずっと、あなたを見ていました、カスミ」

カスミが恐る恐る、金の蜂を見た。

「一日一日、日々を重ねてきた、あなたの生きる姿を。醜いものであったはずがない。あなたは、時を止めた仙道より美しいと、私は思います」

カスミの目に涙が浮かんだ。零れ落ちた涙が濡らすカスミの顔は見る見るうちに老いさらばえていった。顔だけでなく両手も皺深くなり、体全体が縮んだようだ。そして彼の足は、杖のないことが耐えられないのか力なく崩れ、カスミは柔らかな草むらに座り込んだ。

「カスミさん！」

その声に、カスミは顔をあげた。その瞳に認識の光が灯った。

「お前は……仙道の弟子だったな」

「私のこと、わかりますか？」

まゆは弾んだ声をあげた。カスミはうなずいたものの、おぼつかなく顔をしかめた。

「わしはいったい。ここは、どこだ？」

「あの壷の中」

「ああ……」

ゆっくりと記憶が戻ってきたのか、カスミはうなずいた。

「ここはカスミさんの過去世で、私たち二人、銀蜂に襲われた時、ここに飛び込んだの」

「夢を見ていた、ずっと。……幸福な時も、不幸な時もあった」

カスミは泉に目をやった。

「あいつは？」

声が鋭さをおびる。

「銀蜂の主だ」

「お師匠が一人で闘っている。ううん、一人じゃなくて、月花もいるけど」

世界を再び飲み込もうとしている虚無という病と。

「力を貸して。お師匠は扉を開けようとしているの」

「扉を開けるのは、さほど難しいことではありません。仙道ほどの力があればね」

陽花が言った。

「ただ、二つの世界の間に道を通すだけじゃ駄目なんです。最悪、仙道も月花も、ここに引きずり込まれて終わり。かもしれない」

「そんなの！」

「扉を開き、また閉じねばなりません。あなたとカスミを引き戻して、となると、かなり難しい作業でしょう。こちら側からの協力が不可欠。こちら側と向こう側の力がつり合って、バランスを保つことができれば」

「そんな……」

まゆは瞳を揺らした。

外にいるのは仙道と月花で、中にいるのはカスミとまゆ、それに陽花だ。人数ではこちらが多いが、相手はまゆの師匠だ。その力は充分にわかっている。彼が蜂蜜の本質を見極める以外で、その力を使うことはほとんどないが、伝わってくるものはあるのだ。

「何を弱気になっている」

カスミがまゆの背をぱんっと叩いた。

「仙道をして自分を超える能力の持ち主と言わしめたお前が」

「でも、それは……」

「半人前のお前と錆びついた私でも、二人で力を合わせればちょうど、あいつの力とつり合うだろう」

飄々とした口調だが、カスミも緊張していないはずがない。

「私も忘れないでくださいね」

「力を貸してくれるというのか？」

「あなたは私のマスターですから」

「私はもう……」

利き蜜師ではない。カスミは陽花を捨てた男だ。それなのに今、陽花は守り蜂として力を尽くすと言う。

「ずっと、あなたの幸福を祈っていました。この平和な世界にいることが幸福だと思っていたけれど、どうやら違うようですね。無慈悲で希望のない外の世界に出て行くことが、あなたの望みならば、力を尽くしましょう」

「私はもう利き蜜師として生きることはないだろう」

カスミは穏やかに言った。別れを告げる言葉に、美しい金の蜂は身を震わせた。

「でも私は、お前に見せてやりたい。私たちが生きる世界も捨てたものではないと。共に、来てくれないか？」

カスミが差し出した指先に、陽花はそっと舞い降りた。


「さあ、はじめるぞ」

何かをふっきったのか、急に十歳も若くなったように、カスミは元気よく言った。腕まくりをしそうな勢いだ。反対に、弱気になったのは、まゆだ。

「私、封印を解く魔法なんて使ったことありません。やり方も本で読んだくらいだし」

「難しいことは考えんでいい。とりあえず道は仙道が作る。お前はその道に力を注げばいい」

「ええと、具体的には？」

「イメージしろ。仙道がいる場所だ。そしてお前が、戻りたいと思う世界だ」

カスミの目が強くまゆを見た。

「世界の危機だのなんだのは、どうでもいい。お前がそこで生きたいから帰りゆく場所を、思い浮かべるんだ」

「……はい」

まゆは目をとじた。カスミの屋敷の応接室を思い浮かべる。そこで白い壷に向かっている仙道の姿が心に浮かんだ。仙道の息づかいを感じる。蜂蜜の壷を両手で抱えるその額に汗の粒が浮かぶ。

まゆは意識をさらに外に向けた。窓から飛び出して空へと舞い上がる。広がる草原と丘から望む海。

両親と暮らした屋敷。学校や図書館。

やがてまゆの意識は、流れる川にたどり着いた。少し冷たい風が髪をなびかせる。カガミノの里を渡る風だ。白いクローバー、紅のレンゲ、そこに金の粉を撒き散らすような蜂たちの羽音。

まゆが帰るべき場所はあそこだ。たとえ力が足りなくて、いつかこの道を離れることがあっても、それは今ではない。まゆはまだ修業を始めたばかりだ。師匠に何一つ返していない。これから千も万もの蜂蜜を利いて、一歩一歩、進んでいくのだ。

迷いなく、今そう思う。

「道がつながった」

カスミの苦しそうな声が響いた。まゆが目を開けてみると、泉に輝く物が浮かんでいた。

アリシアが少年のカスミにかけてやったグリーンアンバーだ。

カスミがそれを拾い上げると、ペンダントトップには切れた銀のチェーンではなく、細い金糸がついていた。細い金の糸は長く長く、泉の底から伸びていた。カスミがそれを引っ張るとスルスル伸びてくる。

カスミは引き出した金糸をまゆの腰のまわりに一巻きし、続いて自分の腰のまわりにも巻いた。最後にきゅっと縛ると、カスミは陽花に、シャツのポケットに入るよう言った。

「さあ、後は名前だ」

「名前？」

「真の名。アリシアは、あいつの真名を知っていた。だから封じることができた」

カスミは唇を噛んだ。

「あの日、確かに聞いたはずなのに、思い出せない」

それもまた銀黒王の最後の力だったのだろう。カスミだけでなく仙道も、確かに耳にした筈の、かのものの真名を思い出すことができずにいる。

「真名がわからないとなると、あいつの封印を打ち破ることはできない。力が足りません」

陽花がつぶやく。

「バランスは取れている筈だ」

「ええ。でも、あなたもまゆも、ここに長くいすぎた。ここに引っ張られているんです。後少し、何か力がないと……」

「これは？」

まゆは両手に握っていた蜂蜜の壷を差し出した。カスミの祖母が残した蜂蜜には、あの人の想いが、力が籠っている。

「それは確かに力あるものだけど、もしも、あの人が、幸福なこの世界にカスミを守り、とどめ置きたいと願っていたら？　かつての私のように」

そうであったなら、力は、外へ出るというまゆたちの望みと正反対に働くだろう。カスミがここを抜けだすことは絶対にできない。けれど、まゆが迷ったのは一瞬だった。

「カスミさんのおばあさんは、私たちを、ここから出すために力を貸してくれると思う」

まゆの手の中で壷は変わらぬぬくもりを持っている。作り物でも罠でもない。この幸せな気持ちは本物だ。ただカスミの幸福を願い、彼の望みを後押しし、見守る力だ。

「私が会ったのは、そういう人だった」

まゆの力は過去見だ。過ぎ去った時間を見つめることしかできない。過去を変えることは誰にもできず、そしてそれは力のないことではないのだ。

「わかりました、やってみましょう」

陽花が言い、カスミもうなずいた。

まゆは一つ大きく息を吸ってから、蜂蜜の壺を泉に投げ込んだ。同時に、強く心に思い浮かべた。カガミノの光景、村人の姿、仙道の笑顔、月花の金の舞。

カスミがぎゅっとペンダントを握り締める。唇の動きで、まゆにはわかった。彼はアリシアの名を呼んだのだ。その時、まゆの瞳に、銀黒王を封印したアリシアの姿が鮮やかに浮かんだ。彼女は、五音の名を口にした。最初の文字は「あ」だ。

カスミが、はっと何かに気づいたように、琥珀から顔をあげた。まゆとカスミは視線を合わせた。一つの言葉が稲妻のように二人の間を駆け抜けたのだ。

「アンバール?」

その瞬間、世界が揺れた。泉がまばゆい金の光を放ち、いきなり水を噴き上げた。岸辺に打ち寄せてくる波から逃れる間もなく、まゆとカスミは押し流された。不思議なぬくもりを持つ金の水が二人を取り込んで、時空の壁を越えていく。

「アンバール」

仙道は、その名をつぶやいた。古代アラビア語で、「海を漂うもの」という意味を持つその名は、琥珀の語源と言われる。太古より流れ来た銀の蜂の王に相応《ふさわ》しい名だ。

仙道は壷を包みこむ両手の平から、強い振動を感じた。ぬくもりが生まれ、やがてそれは耐え切れない熱となる。仙道が壷から手を離した瞬間、タポンと大きく蜜の表面が波打った。見る見るうちに盛り上がった蜂蜜は壷から溢れ出しテーブルにしたたった。

こんこんと、湧きいずる蜂蜜が全てを押し流していく。金の光が淀んだ空気を浄化していく。

「馬鹿な！　こんな馬鹿なことが……」

うろたえるポーラの姿が崩れ落ちた。その身を守るよう飛んでいた数十匹の銀蜂たちも、パタパタと落下していく。

金の波は仙道の腿の高さまで部屋を満たしたところで動きを止めた。わずかな沈黙の後で、今度はスルスルと戻っていく。気を抜くと蜂蜜の壷に引きずり込まれそうな勢いで、仙道はテーブルの縁をつかんで体を支えた。一度に力を放出したせいか、目がかすむ。

やがて、溢れ出た蜂蜜が全て壷に戻って、部屋が静寂に包まれた。

「まゆ！　カスミ！」

月花の声に仙道は、ふらつく頭を必死にあげた。まゆとカスミが折り重なるようにして、倒れている。二人とも戻ってきたのだ。

這うようにして二人に近づき、呼吸を確かめる。気を失っているだけだ。

仙道は膝をついたまま銀黒王を振り返った。ポーラの姿をした魔物は、不思議と静かな目をしていた。彼は自らの足元に散らばる銀蜂の死骸を示した。

「お前たちのしていることは、苦しみを長引かせるだけだ」

それは、トコネムリの病に侵され死の淵をさ迷う男の子に向けられたのと、同じ声だった。死なせてやるべきだと言った、仲間の声と。

「でもあの子は……生きたいと言ったのですよ」

ささやくような声しか出なかった。視界が霞み、手足は地面に吸い込まれていくように重い。銀黒王の攻撃をはねのける力はもう残っていないだろう。六十年前と同じように、せいぜいが相打ちだ。まゆのことはカスミが守ってくれると信じるしかない。

残る力を全てかき集め、仙道は銀色のルーペを握った。

「なかなかの余興であったな」

ふいに、また別の声が響いた。地の底から響くように空気を揺らす厳《おごそ》かな声、それは仙道の知らぬ声だった。

「誰だ……」

姿を見せぬ声は続けた。

「いずれまた会おう。金色の魔法使い」

ふっつりと、糸が切れたように気配が消えた。

「旦那様！　どうなさいました？」

次の瞬間、部屋に響き渡ったのは、ポーラの声だ。忠義な働き者の家政婦は、仙道を突き飛ばす勢いで、カスミを抱き起こした。彼女の体ごしに、仙道は飛び立つ銀蜂の姿を見た。

銀の軌跡を空に描いて、ゆらゆら遠ざかるその姿はとても美しくて、とても悲しかった。

終章　春の月の夜に

二週間ぶりに旅から戻った利き蜜師は、海辺の町からの客人を伴っていた。カスミという名の客人はサラの家に泊まることになり、その夜は利き蜜師とその弟子も招いて、ささやかながら歓迎の夕食会が開かれた。

八十歳に近いと聞いたのに、カスミはとても元気で、母さんの自慢の料理をたくさん食べ、父さんの秘蔵の蜂蜜酒をいっぱい飲んだ。明るい声でよく笑い、しじゅう楽しそうに、みんなの話に耳を傾け、それから色々な話をしてくれた。

新しい養蜂のやり方について父さんと意見を交わし、母さんとは蜂蜜を使った珍しい料理のレシピを教えあい、サラと弟には珍しくて面白い話を幾つも聞かせてくれた。

蜂蜜から紡ぎ出した金糸を操る利き蜜師の話や、オオスズメバチと戦った勇敢な蜜蜂の話、それに、使っても使っても減ることがない不思議な蜂蜜の話。

子どもはもう眠る時間だと、部屋に追いやられるまで、サラはカスミのすぐ隣に座って、次から次へと物語をせがんだ。弟になったばかりのユーリーも目をまん丸くして、カスミの話を聞いていた。半月前にサラの家に引き取られてから一言もしゃべらずに、誰の言葉も聞こえていないようにうつむいてばかりいただけのあの子が、はじめて声をたてて笑ったのだ。

サラが目を覚ましたのは真夜中だった。誰かが、とても静かな声で話をしている。隣で眠っているユーリーを起こさないように、そっと寝台を抜け出したサラが窓から外を見てみると、中庭の古いベンチの所に人影があった。こちらに背を向けて月を見上げている。

雨が近いのか、輪郭がぼんやりと滲んだ月は、水に落ちた影のようだ。

「学園にいた頃、月は不穏に私を呼ぶものだった」

声はカスミのものだった。けれど夕食の席で、手ぶり身ぶりをまじえながら、サラたちと元気よく話をしていた彼とは、まるで違う人のようだった。十歳も年を取ってしまったように、彼は力なくベンチに座り込んでいる。

「だが今宵の月は、とても優しい。ここは美しい村だ」

サラは足音を忍ばせて部屋を出た。

「わかっている。私には私の養蜂場があるし、蜂たちも待っているからな」

カスミは誰かと言葉を交わしているようだった。相手の姿は見えなかったけれど。

「明日、帰ろう」

　ベンチに座ったカスミは、サラがすぐ側に行くまで気づかず、月を見上げたままだった。膝に置いた両手でとても大切そうに何かを持っている。小さな壷だ。サラがその膝に影を落として初めて、カスミは、ひどく驚いたように目を瞬いた。自分の隣に座るよう言いながら、彼は聞いた。

「どうした？　こんな時間に」

「その壷……」

　サラの言葉に、カスミは手の中に視線を落とした。

「ああ。さっき話して聞かせた不思議な蜂蜜が入っていた物だ」

　それでは、あれはおとぎ話ではなかったのだ。

「今はもう空っぽだが、この村で良い蜂蜜を分けてもらうつもりだ。明日、そのために蜂蜜を持ち寄ってくれると」

　カスミは手の中で、くるりと壷を回した。楽しみだと、微笑む彼はもう寂しそうには見えなくて、サラはほっとした。

「仙道さまが選ぶの？」

　するとカスミは少し考えてから首を振った。

「いや。利き蜜師ではなく、その弟子に頼もうと思う」

「まゆ？」

仙道の弟子はサラより年上だし、将来の利き蜜師だから、呼び捨てにすると母さんは怒る。でも、あの子はサラたち村の子どもと一緒に遊ぶし、そんな時はいつも名前を呼び捨てにしているのだ。まゆは、そんなことで怒ったりしないし、どちらかと言うと嬉しそうだ。

「まゆが、利き蜜するの？」

村人の前で彼女が利き蜜をしたことは、まだない。

「仙道が許せば、そうなるな」

「でも、どうして？」

仙道は金のマスターだ。海の町から来た客人も、そのことは知っている。最高の力を持った利き蜜師がいるのに、どうして彼でなく、弟子であるまゆに頼むのだろう。

サラはもちろん、まゆがどんな風に蜂蜜を利くのか見てみたいけれど、それとこれとは話が別だ。

「それはな……」

カスミは真面目な顔でもったいをつけた。サラは息を飲んで身を乗り出した。すると、カスミはあっさりと言ってのけたのだ。

「この壷に入っていた蜂蜜の、最後のひと匙を食べたのが、あの娘だからだ」

「ええと……」

カスミは手を伸ばして、サラの髪をくしゃりとかき回した。

「さあ、もう寝床に戻れ。明日は五時起きだ」

「はーい」

サラは素直におやすみなさいを言った。明日はいつもより早起きをして、利き蜜師と共に村を回るという客人にくっついていくのだ。もし、ちゃんと起きられるならユーリーを連れて行ってあげるつもりだ。

お昼は山の湖でお弁当を食べる。カスミにまたお話をねだろう。いつも、小鳥がついばむくらいしか食べなくて母さんを嘆かせるユーリーも、カスミのお話を聞けば元気が出て、たくさん食べるかもしれないから。

午後には、村のみなが自慢の蜂蜜を持ち寄ってカスミのために最高の一品を選ぶのだ。


家に入ろうとしたところで、トサリと、軽い音がして、サラは振り返った。

ベンチに腰をおろしたカスミは少しうつむいていて、足もとの草の上に小さな壷が落ちていた。蓋が外れてころんと転がり、中から溢れ出たものがある。

空っぽだと言っていたのに、蜂蜜が残っていたのか。

近づこうとしたサラは足を止めた。壺から飛び出してきたのは、一匹の蜂だったのだ。蜜蜂ではない。夜目にも鮮やかな金色の蜂だ。

「守り蜂？」

こんなにきれいな蜂を見たことがない。仙道の守り蜂は、ちょっと見ただけでは蜜蜂と同じに見える。でもこの蜂はキラキラ輝いていて、おひさまみたいだ。ふるふると羽をゆすってから、金の蜂は飛び立った、月に向かって。

サラが見守る中で、その姿は夜空に滲む月に溶け込んで、消えてしまった。

ぽとんと、蜂蜜の壺に落ちた、金のひとしずくのように。

（利き蜜師物語　銀蜂の目覚め　　終）

本書は第三回「暮らしの小説大賞」出版社特別賞を受賞した「利き蜜師」に修正変更を加えたものです。

小林栗奈（Kurina Kobayashi）

1971年生まれ。東京都多摩地方在住。

表の顔は地味で真面目な会社員だが、本性は風来坊。

欲しいものは体力。2015年、第25回ゆきのまち幻想文学賞長編賞受賞。『利き蜜師』で第三回「暮らしの小説大賞」出版社特別賞を受賞。

利《き》き蜜師《みつし》物語《ものがたり》　銀蜂《ぎんばち》の目覚《めざ》め

2016年9月15日　第一刷発行
2017年12月1日　第二刷発行

著者　小林栗奈

装画　六七質
装幀　カマベヨシヒコ（ZEN）

発行　株式会社産業編集センター
〒112-0011東京都文京区千石4-39-17

印刷・製本　大日本印刷株式会社

ISBN978-4-86311-137-0　C0093